閱讀明清

——明清文學的文化探索

余崇生主編

作者簡介

主編

余崇生

日本大阪大學文學部（中國哲學專攻）博士課程修了、久留米大學文學部（比較文化研究所）博士課程修畢，文學博士。大阪大學外國人客座研究員、京都大學文學院招聘學者、國科會人文學研究中心訪問學者。曾任國高中國文教師、專科學院講師、實踐大學、屏東教育大學教授、臺北市教大中文系（所）系主任及華語文教學碩士學位學程主任。現任北市立教大中語所副教授。編著有《楚辭研究論文集》、《日本漢學論文集》、《中國文學與美學》、《小木窗》、《閱讀鄉土散文》及《古典與現代》等多部著作。

作者（依姓名筆畫排列）

李姿瑩　現任國立暨南國際大學通識教育中心兼任講師，自小對文字有敏感度，喜愛涉獵報紙副刊文章，憑藉著對文字的熱愛，毅然選擇中文系，自此跌進了文學當中。又因喜愛旅遊到處玩樂，因此碩論以明代遊記為書寫主題，於此對明代的文化、文學深深著迷。著有《晚明江南文人的遊記書寫——以王士性、徐霞客為例》。

李麗美　臺灣高雄人，現為臺北市立教育大學中國語文學系博士候選人、國立臺灣師範大學應用華語文學系研究助理。碩士論文《三曹書信文研究》，單篇論文方面，發表現代文學四篇，華語教材編寫、明代文化各五篇，並與他人合著有兒童華語教材《Hello, 華語！》1-12冊（康軒文教集團）。

許建崑　祖籍福建安溪，生長於臺北市。東海大學中國文學系副教授。中華民國兒童文學學會常務理事。多年擔任國內兒童文學活動與出版品的觀察、評論者。主修明代文學，著有《王世貞評傳》、《李攀龍文學研究》。

同時涉獵古典與現代小說、兒童文學。出版《張衡傳》、《拜訪兒童文學家族》、《牛車上的舞臺》、《閱讀的苗圃》、《閱讀新視野》、《閱讀人生》、《情感、想像與詮釋：古典小說論集》等書。主編《認識童話》、《林鍾隆先生作品討論會論文集》、《寫作教室：閱讀文學名家》、《古話新說：古典短篇小說選讀》。寫過《揭開神話的面紗》、《21世紀臺灣少年讀書單》、《電影開麥拉》、《Image 映象館》專欄。目前在師友月刊撰寫「書和電影的對話」專欄。

陳佳君

臺灣南投人，國立臺灣師範大學國文研究所博士，任教於國立臺北教育大學語文與創作學系。著有《虛實章法析論》、《國中國文義旨教學》、《辭章意象形成論》、《篇章縱橫向結構論》、《篇章縱橫向結構論別裁》，合著《大學國文選》、《新式寫作教學導論》，合編《陳滿銘與辭章章法學：陳滿銘辭章章法學術思想論集》，並發表有學報、期刊、專書、研討會等論文四十餘篇。

陳碧月

一九六九年生。中國文化大學中國文學研究所博士。現職為：實踐大學博雅學部專任教授；國立空中大學與臺灣科技大學兼任教授。喜愛藉由旅行找尋生命能量，已旅遊近五十個國家。著有《大陸女性婚戀小說——五四時期與新時期的女性意識書寫》、《異彩紛呈——大陸新時期女性小說賞讀》、《兩岸當代女性小說選讀》、《20世紀90年代大陸女性小說的思想藝術風貌》、《遇見幸福——旅遊文學的魅力》、《凝視心靈——文學電影與人生》、《大陸當代女性小說研究》、《情愛與文學》、《當代華人小說選讀》共十五本，及旅遊散文、現代小說、兒童文學等多種。

黃惠菁

臺灣臺北人，目前執教於國立屏東教育大學中國語文學系。近年發表論文有：〈朱自清對陶詩銓釋方法與態度的思考〉、〈蘇軾與徑山禪師交游考〉、〈論張岱和陶詩的遺民心緒〉、〈從《陶庵夢憶》看張岱的游藝人生〉、〈《古詩歸》中所反映的陶詩觀點〉等篇，並有《東坡文藝創作理論研究》、《唐宋陶學研究》、《大學國文選》、《應用國文》等書出版。

錢奕華

國立高雄師範大學國文研究所碩、博士班畢業，泰國甘烹碧大學漢語專業系助理教授兼中文教育系主任召集人，現任國立聯合大學華語文學系助理教授。著有：《明清莊學之研究與意義之再現》、《宣穎《南華經解》之研究》，《林雲銘《莊子因》「以文解莊」研究》，《中國莊學史》（下冊與劉韶軍、湯君合著，著明清部分）、《愛情文學》等書。

簡貴雀

臺灣屏東人，目前執教於屏東教育大學中國語文學系。近年來發表論文收入專書者有：〈公安派袁中道生命情調探析〉、〈袁中道《導莊》寫作及其旨趣探析〉、〈從《遊居杮錄》看晚明文人之世情〉、〈國語文第二階段閱讀能力指標轉化及示例分析〉、〈從臨床教師的實務經驗探討臨床教學制度可運作之模式〉、〈臺灣鄉土小說母語之運用及其文化意涵——以黃春明八〇年代後期作品為例〉；主編：《語文學習領域國語文課程與教學研創專輯一》、《語文學習領域國語文課程與教學研創專輯二》等多種。

顏智英

國立臺灣海洋大學通識教育中心副教授。主要研究領域為章法學、古典詩詞、海洋文學，撰有《昭明文選與玉臺新詠之比較研究》（花木蘭出版社）、《辭章章法變化律研究》（博士論文）、〈從斷腸地到華胥國——論《山谷詞》的巴蜀書寫〉（《文與哲》）、〈論東坡詠物詞意象之開拓——以詠梅、詠荔枝為例〉（《師大學報》）、〈從地域文化看蘇軾詞的杭州書寫〉（《文與哲》）、〈寫實與浪漫——柳永、蘇軾詠潮詞（《望海潮》、《南歌子》）之比較探析〉（《中國學術年刊》）、〈東坡詞篇章結構探析〉（《師大學報》）等二十多篇。

目次

001 許序・穿越世代的文化探索 許建崑
005 緒論 余崇生

明清小品文學

003 張岱人物小品的書寫特色 余崇生
015 風姿綽約的「明清小品」 陳碧月
029 明清小品文中內蘊的《莊子》風情 錢奕華
043 袁宏道〈晚遊六橋待月記〉篇章結構之特色 陳佳君
057 書畫鑑賞，小品風貌 李麗美

明清旅遊文學

073 明清旅遊的散文風格 余崇生
085 無情山水有情遊——曹學佺的官宦與行旅 許建崑
099 旅遊文學與文化 陳碧月
111 醉臥風月，夢華古今——晚明小品張岱的旅遊人生 黃惠菁
121 元、明、清旅遊詩中的情志現象 錢奕華
141 性靈、人文與深度旅遊——談晚明時期的旅遊活動 李姿瑩

明清飲食文學

159 袁枚的飲食美學——以《隨園食單》為例 余崇生

171 從明清飲食文學看現代的飲食藝術 陳碧月
183 張岱〈蘭雪茶〉中的茶事意象 陳佳君
199 明清之癡茶趣聞 錢奕華
215 吃得儉樸，儉樸地吃——明清文人飲食書寫中對儉樸的提倡 李麗美

明清世情文學

231 覓死與聊生的自我掙扎——晚明士人「自悼文學」所反映的世情文化 黃惠菁
241 從《遊居柹錄》看袁中道之世情 簡貴雀
253 「海神」形象在明代「世情」主題中的象徵意義——以〈遼陽海神傳〉為例 顏智英
269 由《琵琶記》呈現的明清世情談起 錢奕華
287 奇情難禁，奇愛難捨——明清文人筆下的同性愛戀 李麗美

許序・穿越世代的文化探索

明、清距離我們的時代最近，又是中國（甚至世界）現代文明發展的肇端，留下來的文獻、文本又多，所展現的文學與文化面貌豐盛，永遠是個迷人的話題。從政權興替來觀察，明太祖朱元璋以恢復「漢唐衣冠」為職志，頒定《四書大全》為科考準則，建立強權一統的時代，自然講求「紀律嚴明」與「復古擬古」。這樣的文化氛圍維持了兩百年，隨著經濟發展、民智開啟，轉而追求「自抒性靈」與「個性解放」。迨清人入主，面臨異族統治的政治高壓，另一方面卻以整理與繼承華夏文明的姿態展現。到了晚清，所有的弊端重現，自然又得「還政於民」，重立旗幟。

這是封建王權的宿命，明、清各有一個小輪迴，成、住、壞、空，十多個王朝，兩百六、七十多年的歲月，如出一轍；而合起來卻是個大輪迴，從「華夷之辨」

到「五族共和」，從文明初始，到現代性、後現代性的追尋。然而我們常常撿拾後來的主流者論點，來「批判」失勢前者的得失。以公安「性靈」指摘前後七子的「復古」，以清初樸學來指摘晚明的空疏。以《金瓶梅》的社會暴露，來證明晚明的荒謬淫蕩；而《紅樓夢》的大觀園，則影射了外在社會的腐敗與階級矛盾。事實上，文學與文化的生成、演變自有其傳承、引導、修正與背反，如果只依照正反、是非、對錯來分辨事實真相，恐怕失之毫釐，差以千里。

由於大陸改革開放以後，眾多文獻出土，影印出版頗為方便，四庫存目、禁燬、續修等叢刊陸續發行，又有資訊數位化的趨勢，研究材料獲得更為方便；而中研院成立明清研究小組，在文化觀察與解釋上，建構了新穎而合理的方法學，此所以「明清研究」成為現代顯學。

余崇生教授是我多年老友，相識在屏東大學兒童文學夏令營。他講課精采生動，時有幽默之語，讓學生頗為振奮。重晤於多年之後，卻已是臺北市立教育大學中國語文學系主任。言談之間，才發覺崇生教授治學領域非常廣泛。他在日本大阪、久留米大學拿到中國哲學與比較文學的雙料博士，分別在大阪、京都擔任過客座教授，因為教學需要，曾經開過中國思想史、比較文化史、語文學、臺灣文學、書法、日語等課程。

兩年前他開始邀集實踐大學陳碧月教授、聯合大學錢奕華教授、北教大陳佳君教授、屏東教大簡貴雀、黃惠菁教授、海洋大學顏智英教授、博士生李麗美等人，做了一個明清文學與文化的跨界研究，又細分為小品、旅遊、飲食、世情四個專題。

碧月教授的專長在女性文學，精通兩岸女性小說，她探考「明清小品」、「旅遊文學」、「飲食文學」的形成，考察文化現象與影響。奕華教授擔任語彙學、文獻學等課程，喜歡討論小品中莊子般的閑逸風情、浪漫唯美才子佳人式的婚姻愛情、癡茶趣談以及旅遊詩中的情志，對於明清文人生活風趣多有著墨。佳君教授擔任辭章意象學等課，她專注作家與作品的分析，對張岱〈蘭雪茶〉、袁宏道〈晚遊六橋待月記〉所釋出的內涵論述甚深。貴雀教授身兼圖書館主任，分析袁宏道《遊居杮錄》中的世情。惠菁教授談晚明士人的「自悼文學」、智英教授談「海神」形象，也都環繞著「世情」的議題。麗美博士非常勤快，她論述書畫鑑賞、小品風貌、同性戀、儉樸飲食等，提出許多新見，讓我們在奢侈浪費萎靡文化批判中，得到了許多安慰與諒解。崇生教授則囑意張岱小品的「疵」與「癖」、袁枚的飲食美學，以及旅遊書寫的風格呈現。崇生教授曾經向我邀稿，所以我拿了博士生李姿瑩討論晚明旅遊活動的論文，以及個人曹學佺官宦與行旅的敘述來應卯。可沒想到還能參與文學與文化論述計畫，頗覺光彩！

許建崑

寫於東海大學中文系五一〇研究室

二〇一三年春天

緒論

在改朝換代，明朝初立，朝廷曾推展政治革新和整肅，因而也帶動了不少文學發展的風氣，如宋濂在當時就力主以文章華國為主張，於是便成了新一代正統文學的典範，其他如劉基、高啟等人在詩文方面也起了重要的影響，就是所謂復古運動的氣勢！在這一復古的發展過程中，不僅引起了文人作家的熱烈參與，並且也建立了有關文學方面的理論。雖然如此，在明初時期的文風，還是屬於纖穠縟麗的一面，之後當復古流派革新重整組織後，又與各地區流派互動影響，漸而轉朝多元的方向融合發展，有的標舉以情為詩，或倡導繼承道統，或主張取法漢魏盛唐等，文壇風氣丕變，呈現蓬勃的新氣象。關於這點，在《明史・文苑傳序》中有這樣的記載：

明初文學之士，承元季虞、柳、黃、吳之後，師友講貫，學有本源。宋濂、王褘、方孝孺以文雄。高、楊、張、徐、劉基、袁凱以詩著。其他勝代遺逸，風流標映，不可指數，蓋蔚然稱盛已。

由此可見明代期間的文學發展景象。然而就明代兩百七十年的文學發展，或許可以簡要地歸納為前後兩個時期：弘治、正德以前，從永樂至天順（1403-1464），是「臺閣體」詩文盛行時期，明中葉以後，發生了擬古主義與反擬古主義的論爭，這段期間出現了「前七子」、「後七子」、「唐宋派」、「公安派」、「竟陵派」以及晚期小品文作家和「復社」愛國主義作家等，明代的散文發展情形，其實就在這樣一個起伏消長的文藝思潮中曲折地延續推進。然就晚明小品這一文類來說，引文中所提及的公安、竟陵兩派都主不拘格套，獨抒性靈，力持此種主張，其所表現的成就結果都較傳統式的格律詩文自然出色！

至於到了清代，在社會上雖然仍留存一些封建的遺緒，但在內外思潮的衝激之下，整個學術界也因而起了變革和轉化，比如顧炎武、黃宗羲及王夫之等便是當時反映愛國遺民思想的主要作家，其中像顧炎武，他在《日知錄》中就說：

文之不可絕於天地間者，曰明道也，紀政事也，察民隱也，樂道人之善也。若此者有益於天下，有益於將來，多一篇，多一篇之益矣。若夫怪力亂神之事，無稽之言，勦襲之說，諛佞之文，若此者，有損於己，無益於人，多一篇，多一篇之損矣。（卷二十一「文須有益於天下」條）

為文的目的在有益於天下，有益於將來，在這樣的創作觀念的指引之下，作家在文章寫作上，無不以講究實用、不做空言為其主要特色。

當時以散文見稱的，當推侯方域、汪琬和魏禧，稍後的則有屬於桐城派的作家戴名世及方苞等，侯、汪及魏的文風都不盡相同，侯的文章氣勢奔放，豪邁不羈，他的傳記體散文，如〈李姬傳〉、〈馬伶傳〉、〈蹇千里傳〉等，在刻畫人物性格上都十分鮮明生動，可說是具備了小說的寫作技巧和特點；汪琬則文簡不繁，語言應用精巧工穩，法度謹嚴；而至於魏禧則善於議論，具有重視時學的傾向，並提倡有為、有情、有識的寫作主張，其實這些寫作主張已經開啟了後來桐城派的論文風氣。前面提及的戴名世和方苞都是桐城派的開派者，然由於五十年的「戴名世案」，戴被處死，而方苞因為作《戴南山集》序也被牽連下獄，所以清初文人在談論文章規範、或宗派源流時，大都避提戴名世，僅提方苞及劉大櫆，直接繼承於歸有光。至於戴名世與方苞，雖然一方面順應為政者所提倡「清真雅正」的文風及平實簡嚴的審美觀，但另一方面卻繼承了唐宋派古文家的文學主張。

明清散文在中國文學發展上是有它一定的地位，出現了不少名家，同時也建立了無數的文學理論，例如反對盲目擬古，文學作品應當直抒胸臆，強調本色，或抒發性靈，或文必貴質，行文重視口語化等，再而大量的散文多屬短制小品，簡鍊型的文章，這些都可說是當時流行的文體類型。這些體簡凝鍊的短制小品，倘若細考其原委，則似有針對正統之「大」而言，也頗有向正統或傳統提出挑戰的意味，所以沈守正在《凌士重小草引》中就說道：

山之有巉崿也，石之有拳握也，草樹之有梅竹也，書之有鳥爪蟲絲也，畫之有與可、雲林也，詩之有韋、孟、郊、島也，見者莫不喜，喜而欲狂，唯其趣異也。而不知者詆之曰奇，曰偏，曰小品。夫人抱邁往不屑之韻，恥與人同，則必不肯言儔人之所言，而好言其所不敢言不能言。與其平也，寧奇；與其正也，寧偏；與其大而偽也，毋寧小而真。

從這裡可以瞭解到「小品」這一文類的特性，它多屬於「偏」和「奇」，且文不大，而在「真」。故而「小品」在文學上有著不可忽視的地位，作者除了歷遊名山秀巒的描寫外，更有的到山中與沙門談偈，或談論性命，或茗飲修禪的生活等，在在都表達了一種所謂「名士」的氣息，再而這些生活點滴可謂是作家們寫作的重要素材，閱讀這些不同類型，長短不一的小品散文，的確讓我們深刻地瞭解到文士們心中真情實確的一個思想天地！

在《閱讀明清》文集中，我們分為小品、飲食、旅遊及世情四個主題，邀請並分由不同大學的中文系教授做了細膩且深入的探討，以淺明流暢的文字撰寫文章，在《國文天地》月刊以專輯刊出，現將這些專文彙集成編，提供讀者對明清小品文學有一個更深廣的認識與理解！

余崇生／二〇一三年元宵節

明清小品文學

從文學發展流變上來看，明人小品的出現，大致是始於嘉靖末年，而大盛於萬曆、崇禎之際，其流風餘韻一直到清代初年仍蓬勃於學界，但其中明末清初的學者們曾批評晚明學風空疏，並認為這是明朝滅亡的主要原因，所以對晚明的文風提出了強烈的批評。到了清代，小品文的作家與寫作情形，寫作內容益趨多元，除了山水景物、閒情逸趣、議論說理外，更有所謂的幽默諷刺及敘事記聞、飲饌研究等，不論那類型的小品都有突出的表現，並且各別都有作品留存下來，其中如李漁《閒情偶寄》中就有專輯談到居室、飲食、養生及花木蟲魚等，又如袁枚的《隨園食單》，就有專門紀錄飲饌的文字。閱讀這些小品文學，我們不難發現明清時期的文人，他們對生命的詮釋，對自然環境的摹寫與考求，或托景與興喻，在在都呈現出了人與自然融合的美學意涵。

張岱人物小品的書寫特色

一 前言

明代的文學發展，若從文學觀點來考察的話，或許我們可以說，這時期的文學大都在擬古主義思潮的影響下演展開來，比如像詩賦和古文，多取秦漢，仿效唐宋，這也就是所謂的前七子的擬古運動，所以這時期的文學並未呈現較出色或蓬勃的文學氣象，但是其中有一點，值得一提和關注的是「小品」散文的產生，而這一新文體的出現，在當時來說應是對傳統古文的一種變革，晚明所謂的「小品」與今天一般所慣稱的「小品文」其實不同，同時它與傳統的古文寫作風格上似乎也不盡一致。在文學流變上，明人的「小品」的出現，應該是始於嘉靖末年，而大盛於萬曆崇禎時期，而其流行一致到清朝初年。當時對「小品」文寫作的作家不少，例如張岱、徐渭、王穉登、屠隆、陳繼儒、袁宗道、袁中道、鍾惺、王思任及譚元春等都有優秀的作品。現在擬從張岱的人物小品來探討其在人物刻畫上的表達技巧，文字應用及品評人物，抉剔人性的心理特徵。

二　張岱與晚明社會

張岱是跨越晚明至清兩代的文人，他的家族多為達官名士，祖父張汝霖，族祖張汝森等都與當時江南的士林文人陳繼儒、陶奭齡、黃汝亨、王思任等人均有互動來往。

在晚明清楚的可以看出來，這時期中不論是文學風氣的發展，社會思潮的變革，民心士氣的激越等現象都對傳統思觀引發不少的衝激，其中最為明顯的，應當是學術界的層面了。回溯當時程朱理學的系統裡，其實只有少數的知識精英才有可能體認何謂天理的內容，後來隨著陽明心學的興起和心齋、龍溪之學的流行，對天理的理解和思考便起了不同的看法，再而加上如泰州學派提出「百姓日用即道」和李卓吾大力主張「穿衣吃飯即是人倫物理」等理念，這些新思維漸漸受到民眾的接納與認同，對晚明社會產生了轉化作用。張岱是這一時代的文人學者，他的思想深受心齋和龍溪之學的影響甚深，同時對李卓吾也相當景仰，加上前面所提到思想上的轉折，社會思潮的遞變等，其實對張岱的影響應該是至重且深的！

三　張岱的文化淵源

張岱個人在明清時期與社會文人的交遊十分廣泛，關於這方面，他在〈祭周戩伯文〉中就曾記載說：

> 余獨邀天之幸，凡生平所遇，常多知己。余好舉業，則有黃貞父、陸景鄴二先生、馬巽青、趙馴虎為時藝知己；余好古作，則有王謔庵年祖、倪鴻寶、陳木叔為古文知己；余好遊覽，則有劉侗人、祁世培為山水知己；余好詩詞，則有王予庵、王白岳、張毅儒為詩學知己；余好書畫，則有陳章侯、姚簡叔為字畫知己；余好填詞，則有袁籜庵、祁止祥為曲學知己；余好作史，則有黃石齋、李研齋為史學知己；余好參禪，則有祁文載、具德和尚為禪學知己。
>
> （《瑯嬛文集》卷六）

由這段引文可知悉，張岱當時與文人交流往來的情形，他是一位興趣博廣者，舉凡詩詞、書畫、作史、參禪等他都有愛好，且有共同的同好文友，一種明清的文人性格和風雅逸致在這裡明顯呈現了出來。張岱的這種文化本質性格，或許我們也可以從其家學淵源上去推察，他在讀書及治學的思路方面，主要是由祖父張汝霖教導，開啟了他自由的思想空間，擺脫了封建的自我束縛，漸漸突出了張岱知性主體精神的發展。前所曾提及當時的學界風氣，主要是在陽明的心學，以良知為主體，而其內部所蘊含的是自然主義與精神自由的傾向，此一發展，對後世的影響來說是極為深遠的。張岱家族與陽明系統的學者都有交誼，如王畿等人就關係甚深，他的曾祖張元忭早年便接受了王龍溪之學，在如此的淵源下，張岱的學統、文化體認、治學方法自然免不了要受到薰染和影響！

從世祿的家庭到後來的成長修習，可以說造就了張岱的人生觀及文學風格。他除了擅長小品文的寫作，同時對修史的興趣也極為濃厚，在《石匱書》中就說：「事必求真，語必務確，五易其稿，九正其訛，稍有未核，寧缺勿書。」（〈石匱書自序〉，《琅嬛文集》卷一），從這裡就清楚說出了他的治學態度，以及堅持實錄，以信史自任的精神，然而，這一概念，後來也影響到他撰寫人物小品時的表達方式和風格。

由於張岱出生於名流仕紳之家，受到濃厚的書香薰習，無心於政治，卻愛好山水，藝文活動，尤其在明清之際，社會出現前所未有的變化，在思潮方面，陽明心學的興起，心齋、龍溪之學的流行，但轉移到了清初，又是另一儒學思想的興發，排除前朝空疏學風，朝經世致用方向邁進，張岱面對著思潮多變，社會不安，這些相信在他心中川流著的是一股激越的浪潮，為了要平息這些不時的波動，或許就要藉諸於山水景觀，書畫藝術，飲饌美食等交誼活動來暢舒心中的幽情了！

四　張岱人物小品的特色

張岱的小品文在明清文學中是被大家肯定的，比如在沈啟無所選的《近代散文鈔》中所選的十六位作家中，張岱的散文就被選了二十七篇，錄選數量是最多的，其次則是袁宏道二十二篇，從這裡可以說明張岱在現代作家心中的地位。至於張岱的作品為何受人青睞和重視？其特色何在？簡約的說，他善以簡潔、生動、形動化的語言描繪人物肖像和精神面貌特徵，把人物的聲音笑貌寫得妙肖如生，如大家熟悉的〈柳敬亭說書〉或〈王月生〉，就是最典型的例子。

關於人物傳記和人物小品方面的作品，在張岱的散文中約有五十篇左右。關於他的小品文寫作特點，首在刻畫人物的「真氣」，其次是有關「深情」的考察，對此他曾經說過：「其一往深情，小則成疵，大則成癖」（〈五異人傳〉），張岱以「深情」做為品評人物的重心，其實在這當中應該是關涉到他的審美觀，或評隲上的標準。至於他所強調的「疵」與「癖」，這兩點其實是可以理解為和深情與真氣是相一致的，不論是一位文人或藝術家，相信是少不了所謂的深情，也就是率性，這樣的一種藝術心靈，在張岱心中是永不可缺的，所以他曾清楚地表白說：「人無癖不可與交，以其無深情也；人無疵不可與交，以其無真氣也。」（〈祁止祥癖〉），再而張岱小品隱含這樣的書寫特色性格，其實多少受到《史記》、《世說新語》的敘述方法及表達技巧影響，他曾經對司馬遷的傳記稱讚說：

> 太史公其得意諸傳，皆以無意得之。不苟襲一字，不輕下一筆，銀鉤鐵勒，簡鍊之手，出於生澀，至其論贊，則淡淡數語，非頰上三毫，則晴中一畫，墨汁斗許，亦將安所用也。（〈石匱書自序〉）

在這段自序中，我們便可明白他在描繪人物逸事、精神內涵的特色意境了。

簡略而言，張岱對人物小品書寫的特色，是要能注意人物的個性特質，抓住對象的精神實質加以勾勒點染，比如〈柳敬亭說書〉中對柳敬亭的外貌，以黧黑、滿面疤瘤，悠悠忽忽，土木形骸來形容這位說書人奇特的表情，文字刻畫精妙突出，讀後令人印象深刻。

五　張岱人物小品舉例

張岱的人物小品書寫特色，我們詳細地考察和比較後發現，他主要在能抓住人物的本質特徵，加以刻畫描述，以下擬列舉數則人物小品做為說明。如他在和一位名叫范長白的進士見面時，寫道：

余至，主人出見。主人與大父同籍，以奇醜著。是日釋褐，大父嬲之曰：「醜不冠帶，范年兄亦冠帶了也。」人傳以笑。余亟欲一見。及出，狀貌果奇，似羊肚石雕一小猱，其鼻堊，顴頤猶殘缺失次也。冠履精潔，若諧謔談笑，面目中不應有此。開山堂小飲，綺疏藻幕，備極華褥，秘閣請謳，絲竹搖颺，忽出層垣，知為女樂。

在這裡，張岱以簡潔的文字，描繪了范長白的特殊容貌，似羊肚石雕一小猱，但卻又冠履精潔等，用詞及比喻十分生動。

又如在〈柳敬亭說書〉中的敘述柳麻子的形容聲情時，他如此描述：

南京柳麻子，黧黑，滿面疤𤸇，悠悠忽忽，土木形骸。善說書。一日說書一回，定價一兩，十日前先送書帕下定，常不得空。南京一時有兩行情人：王月生、柳麻子是也。

余聽其說〈景陽岡武松打虎〉白文，與本傳大異。其描寫刻畫，微入毫髮，然又找截乾淨，並不嘮叨。哱夬聲如巨鐘，說至筋節處，叱吒叫喊，洶洶崩屋。武松到店沽酒，店內無人，謈地一吼，店中空缸空甓皆甕甕有聲。閒中著色，細微至此。

柳麻子是一位容貌黧黑，滿面疤瘤，不算是清秀美男兒，但是卻善長說書，當說到精彩處，聲如巨鐘，叱吒叫喊，洶洶如屋快崩塌的樣子，文字迅捷明快，表達出了柳麻子說書的高妙處！

其次如他在寫聽女戲朱楚生在表演調腔戲時的狀貌，並且也寫到了她的姿態時，他說：

> 楚生色不甚美，雖絕世佳人，無其風韻。楚楚謖謖，其孤意在眉，其深情在睫，其解意在煙視媚行。性命於戲，下全力為之。曲白有誤，稍為訂正之，雖後數月，其誤處必改削如所語。
>
> 楚生多坐馳，一往深情，搖颺無主。一日，同余在定香橋，日晡煙生，林木窅冥，楚生低頭不語，泣如雨下。余問之，作飾語以對。勞心忡忡，終以情死。

由這裡的描述，可以看出張岱在觀察一個人的臉容形貌時特別的細膩，眉睫形態，心思情緒，風韵聲色都能刻寫入微，且也深察到朱楚生的心理情緒的起伏變化！

張岱寫人物小品的文字一般不長，短短的三、五百字，但卻能將人物的表情特徵、聲情性格，敘述得淋漓盡致。如〈彭天錫串戲〉：

> 天錫多扮丑淨，千古之奸雄佞倖，經天錫之心肝而愈狠，借天錫之面目而愈刁，出天錫之口角而愈險。設身處地，恐紂之惡不如是之甚也！皺眉視眼，實實腹中有劍，笑裡有刀，鬼氣殺機，陰森可畏。蓋天錫一肚皮書史，一肚皮山川，一肚皮機械，一肚皮磥砢不平之氣，無地發洩，特於是發洩之耳。

又如〈王月生〉：

> 月生寒淡如孤梅冷月，含冰傲霜，不喜與俗子交接；或時對面同坐起，若無睹者。有公子狎之，同寢食者半月，不得其一言。一日口囁嚅動，閑客驚喜，

走報公子曰：「月生開言矣！」哄然以為祥瑞，急走伺之，面頳，尋又止。公子力請再三，蹇澀出二字曰：「家去。」

不論是在寫彭天錫、或王月生、或范長白等人，張岱都會注意到他們各別不同的表情及性格，甚至在眉宇之間的情態，皺眉視眼，腹中有劍，笑裡藏刀，那種陰森殺機的點滴氣氛，都清楚地敘述了天錫飾扮丑淨，千古奸雄的嘴臉！其實在文前我們曾提及張岱在寫傳記或人物小品時非常重視和強調的就是「疵」與「癖」的問題，也就是深情和真氣的性格特色，而在前面所舉的文例中，或許就可領略到他所要強調的內涵及與眾不同的敘事筆法了。

六　結語

張岱在明清時期是一位具代表性的小品文大家，他除了寫遊記，如《西湖夢尋》及《陶庵夢憶》外，同時也撰寫不少史傳性的專集，以及人物品評文等，在記敘人物掌故、世情風俗方面，不但是描寫筆觸靈動深刻，且深察到人物的個性特質、心理情緒，這些特殊的寫作技巧和特色，形塑出了他所強調的「疵」與「癖」的人物小品書寫之內涵特色。

余崇生／臺北市立教育大學中國語文學系副教授

風姿綽約的「明清小品」

一　前言

明清的代表文學，除了傳奇與戲曲外，還有「小品」。「明清小品」的輝煌成就，算是可以與漢賦、唐詩、宋詞、元曲比肩的。其實早在明代之前就有小品性質的文體——《左傳》、《莊子》、《戰國策》、《史記》、《世說新語》等，唐宋的作家也有傳世的精采小品——只是到了明代，「小品」才成為文章中的一個部類。明清小品的形式多樣，種類繁多，有古文、隨筆、筆記、序跋、遊記、文論、書箚、日記、傳記、碑文、雜文、笑話、寓言、清言等。這些小品的表現內容不拘一格，舉例李慈銘五十一冊的《越縵堂日記》來說，在數百萬字中，內容包羅萬象：有讀書心得、說經證史、上皇帝奏章、逸聞時事、評論人物、論方俗治化、甚至還有散步田園、深夜讀書、賞花品茗的生活日誌。又如沈復《浮生六記》共分六卷，各別是〈閨房記樂〉、〈閒情記趣〉、〈坎坷記愁〉、〈浪遊記快〉、〈中山記歷〉與〈養生記道〉等六個主題。

明清小品的作者多是隱逸的官吏或市井書生，所以他們毫無拘束，可以大膽放歌，笑談人生，以靈活自由的形式，深入淺出的民間語言呈現。我們見不到嚴肅的古人說教、士大夫的氣息，見到的是作者信手拈來、揮灑自如，不管是指桑罵槐或是敘述閒情逸致的文章，都是逸趣橫生的，就如袁宏道所言：「明白曉暢，語語家常」（袁宏道：《東西漢通俗演義》序，臺北市：三民書局，1998 年）；「句法、字法、調法，一一從自己胸中流出。」（《袁宏道集箋校》卷二十二，〈與李元善〉）。另外，篇幅簡潔短小的特色，也是小品文受到歡迎的原因之一，余懷在評論李漁《閒情偶寄》說道：「不為經國大業，而為破道之小言。」（李漁：〈閒情偶記序〉，臺北市：明文書局，2002 年 8 月）故而能為普羅大眾所接受，歷久而不衰。當今看來，其中的人生體驗、生活情趣、論道說理都相當耐人尋味，不受時空阻隔。

在明清的小品文中，有的寫理、寫情、寫性靈、寫意境，沈承〈與山陰王靜觀〉在書信中抒發了真摯動人的真性情；鄭板橋〈濰縣署中與舍弟第五書〉表達自己老年得子，恐怕未能照顧兒子，便託弟弟代為照顧，也同時表達對人生的看法；宋濂〈書鬥魚〉描述波斯魚矯悍善鬥，感慨魚猶如此，更何況是人；屠隆〈在京與友人〉說出在繁忙熱鬧的京師中，對於江南水村悠閒生活的渴盼與懷念；張岱〈湖心亭看雪〉從雪夜遊西湖的雅興，寫出了對自然山水的熱愛；袁宏道〈徐文長傳〉讚頌偉人功績；還有〈雨後遊六橋記〉和〈西湖七月半〉既敘事又抒情地把景致與情感加以交融，淋漓盡致地透澈描寫。這些作品風格多樣，或者寓理於景，或者以景襯情，從不同立場角度、內容主題，顯示了小品文獨特的表現魅力。

二　關注人情、人性

明清的小品文強調率真，其事態人情的細膩描寫、人性的洞察與領會，是前所未見的。誠如李贄在〈童心說〉裡強調人要保有最初的善良本性，或是袁宏道的「獨抒性靈」，都闡明了追求個性和自由解放的精神，反對個性的扼殺與束縛，並開始關注人性。

鐘惺〈與陳眉公〉云：「相見甚有奇緣，似恨其晚。然使十年前相見，恐識力未有堅透處，心目不能如是之相發也。朋友相見，極是難事，鄙意又以為不患不相見，患相見之無益耳。有益矣，豈猶恨其晚哉！」強調了朋友間的緣分，不需擔心相見恨晚，如果朋友相識後不能彼此啟發，相互提攜幫忙，那麼相見也無益。把握當下的情誼，相互提升，無須怨恨相見之晚。這樣一封簡短的書信，卻體現出人的性情與胸襟。

除了談論友情以外，夫妻之間鶼鰈情深的閨房之樂與思念，也是作家關注的主題。沈復《浮生六記》共六卷，第一卷就列〈閨房記樂〉，他認為一個人一生的悲歡喜樂，都決定在於夫妻之情。作者在文中真實書寫與妻子間的甜蜜互動，而文中的女主角——陳芸，就是林語堂所認定的：「中國文學上最可愛的一個人。」作者在文中坦承對妻子真摯的愛情，夫妻間的伉儷之情，濃淡合宜，扣人心弦，打破了過去對於夫妻閨房之樂不可言說的禁忌。

蔣坦的《秋燈瑣憶》則是和沈復《浮生六記》相似性質的書，也是作者晚年回憶過去歲月悲歡離合的作品。尤其是追憶與妻子之間情意相契的婚姻生活。作者與表妹秋芙在小時就訂了親，道光年間，兩人成婚，卜居於杭州西湖，每到春秋佳節，便相偕出遊，夫婦倆都精於詩畫琴棋，夫唱婦隨，情感歡洽而深刻。作者以清新流利的文筆記錄了道光二十三年的秋天，秋芙嫁到他家那一天。夜過了三更，奴婢們都睡了，秋芙的頭上挽了偏垂在一旁的髮髻，她身穿一件紅薄絲的衣服，在花燭的燈影下，他們談笑細數著童年歡樂的往事。後來，談到詩詞，他突然無言，想起以前曾聽說秋芙作過〈初冬〉詩，他曾懷疑是不是她作的，但當下才相信秋芙是個才女。此時帳中有飛蟲干擾，兩人雖然疲累卻睡不着，花盆傳來香氣彌漫臥室，連枕席都能聞得到。秋芙要他和她聯句，考察他的才華，他也想試試秋芙的詩才，於是兩人開始較勁「余首賦云：『翠被鴛鴦夜』，秋芙續云：『紅雲蟣螺樓。花迎紗幔月』，余次續云：『人覺枕函秋』。」（蔣坦：《秋燈瑣憶》，上海市：世界書局，1916年；沈復、蔣坦著，立人校訂：《浮生六記・秋燈瑣憶》，北京市：作家出版社，1996年9月）直到窗外的月亮已昏暗西斜，鄰居家的鐘聲響起，門外的丫鬟低聲催促秋芙起床梳妝。他才擱筆起床。青梅竹馬的兩人，難得情投意合，婚後彌篤的感情，在文中深切而充分地流露。

再看一生命運多舛的歸有光，在嘉靖三年寫成〈項脊軒志〉的正文，藉著「項脊軒」這座百年老屋的興廢，穿插對祖母與母親的回憶和思念，共四段文字；十六、七年後，作者經歷了兩度娶妻、喪妻、長子十六歲病故，兩女夭折的失親之痛後，又補寫了最後兩段文字，末句：「庭有枇杷樹，吾妻死之年所手植也，今已亭亭如蓋也。」更覺哀慟。作者以淒婉哀傷的筆調，寫盡了人亡物在的感傷，以及對過去夫妻、親子、家庭和樂生活的懷念。

三　譏諷朝政

古來作家在面對官吏貪污，政治紊亂，法制敗壞，民不聊生的社會現實時，最常利用文字的力量去抨擊對當時社會的種種不滿。托物喻理，便是最常見的小品，劉基的散文名篇〈賣柑者言〉便為代表的喻人論政之作。

杭州城有一個賣柑者，所賣的柑子，賣相很好，「玉質而金色」，玉石般的質地，黃金似的顏色，售價比別人高出十倍，但大家還是搶著要買，然而，實際上那柑子卻是「乾若敗絮」，作者覺得賣柑者騙人的行為太過分，但賣柑者卻一針見血講出了譏刺朝政的一番話。

賣柑者卻對作者說：世上幹騙人勾當的人不少，不是只有他一個？當今那些佩帶著兵符、坐在虎皮椅子上，樣子威風凜凜，好像是捍衛國家的人才，難道他們就真的能夠傳授孫武、吳起的韜略嗎？那些戴著高官帽，腰上拖著長帶子，一副神氣得意的樣子，像是朝廷的重臣，難道他們就真的能夠建立像伊尹、皋陶的功勳嗎？不能抵擋盜賊興起，不知解救百姓貧困，不能禁止官吏狡詐，不知整頓法度敗壞，那些耗費國家糧食，吃香喝辣的高官，哪一個不是威風顯赫？但何嘗不是外表像金玉，骨子裡卻像破絮呢？

賣柑者認為作者應該要去對這些分析明辨，而不是去查究他的柑子！作者沉默不語，無言以對，覺得賣柑者好像是東方朔那一號人物，假借柑子去進行諷刺？全文精準有力地揭示了元末統治者的腐敗。

晚明的寓言，可與先秦的寓言媲美，都有「意在言外」的重要涵義。江盈科在〈催科〉中講了一則寓言故事：一個自誇能醫治駝背的醫生，想辦法利用兩片木板，一片放在地下，叫駝背的病人躺在上面，再拿一片木板，壓在他的身上，然後跳到駝背的人身上，駝背的人真的變直了，但同時也死了。駝背者的兒子，要控告醫生，但醫生卻說他的工作是醫好駝背的人，哪管他是死是活！這個寓言主要諷刺的是那些當縣令的人，只管對百姓追繳稅收，根本不管百姓的死活，就和故事中的醫生是一樣的。

這些譏諷朝政的小品，精要簡短又畫龍點睛地點出了作者所要表達的主題意念，發人深省。

四 閑情雅趣的山水遊記

張岱在〈陶庵夢憶序〉中說：「因歎慧業文人，名心難化，政如邯鄲夢斷，漏盡鐘鳴，盧生遺表，尤思摹拓二王，以流傳後世，則其名根一點，堅如佛家舍利，劫火猛烈，尤燒之不惜也。」（張岱：《張岱詩文集》，上海市：上海古籍出版社，1991年，頁111）晚明政治衰頹，專制黑暗，經濟蕭條，士風墮落，不少小品文作家們在政治理想幻滅後，則企圖轉而從世俗生活中，尋找生活的樂趣與生命的寄託，以逃避混濁不安的時代。於是，我們見到了作家們遊歷山水，書寫自然美景的大量佳作。

袁中道的十六篇西湖遊記中都是「小而美」的，〈晚遊六橋待月記〉屬第二篇，筆調清新淡然，卻道盡了西湖的性靈自然之美。

「西湖之盛，為春為月」，就點出西湖的春天、月夜屬最美的風景；「一日之盛，為朝煙，為夕嵐」則描繪出晨曦、晚霞讓西湖染上迷濛的水漾天光；「梅花為寒所勒」，不但寫出了繁花盛開的奇景，擬人化的「勒」字更讓畫面靈動起來。「湖上由斷橋至蘇堤一帶，綠燈紅霧，漫延二十餘里」明言西湖最美的地點是「斷橋至蘇堤一帶」，「漫延二十餘里」，讓桃花與霧交融的美景有著視覺的想像延伸，拉長了空間。「歌吹為風，粉汗為雨，羅紈之盛，多於堤畔之草，豔冶極矣」，可以想像在輕盈的樂音中，身著綾羅綢緞的絡繹不絕的美女和桃花融成一片繁華美景。最後提到大家都愛繁華，未能細心品嚐清淡有味的景致，文末「月景尤不可言」五字，雖對月景沒有任何渲染，卻留給讀者更大的遐想空間。

再看袁宏道筆下的〈雨後遊六橋記〉則是熱鬧地寫出了與朋友同遊，可看出當時的文人雅士自在奔放的生命情調。在寒食節過後下了陣雨後，袁宏道擔心那場雨會把西湖的花洗落，所以在午後天晴後和幾個朋友到望橋上要去和桃花告別，果然見到地上堆積起一寸多厚的落花，當時遊人很少，反而增添他們的興致。突然，有個穿著白綢絹的人騎馬匆匆而過，朋友們內穿白衣的，也都脫去外面的衣服，展現其異常的鮮麗。大夥玩累了，就躺在地上喝酒，有時把臉對著地上的落花，有人喝酒，有人放聲高歌，覺得很快樂。有艘小船出入花間，原來是和尚送茶來，每人喝了一杯後，盪舟放歌歸去了。

作者以輕靈的筆墨，形容了六橋的情景與雨後蘇堤的情趣，喝酒飲茶，完全呈現出公安派的「讀書性靈，不拘格套」。袁宏道還有〈初至西湖記〉，寫他第一次遊西湖的經歷，從杭州武林門西行，遠遠看見保俶塔高高聳立在層巒山崖上，他就和西湖結緣了。之後寫進入昭慶寺，喝完茶，划著小船進入西湖。又描述西湖的山巒、春花和春風如何令他眼花繚亂，如醉如癡，他形容大概就像東阿王夢中初遇洛神時那樣的迷離吧！

明代地理學家徐宏祖的〈遊雁宕山日記〉是作者於萬曆四十一年遊覽雁宕山的日記，文中不但紀錄一路攀援的艱難過程，也將沿途所見的雁宕諸峰和龍湫瀑布奇異景觀一一詳述，作者還「景中寓情」描述他具有登上絕頂、尋到雁湖的強烈願望，全文比喻生動，栩栩如生。

五　展現閑適的慢活藝術

袁宏道說：「人情必有寄，然後能樂。故有以奕為寄，有以色為寄，有以技為寄，有以文為寄。」；張岱《陶庵夢憶》：「人無癖不可與交，以其無深情也；人無疵不可與交，以其無真氣也……。」這裡所講到的「寄」和「癖」，講的就是生活中的寄託與癖好，是一種生命的性格情趣，一種閒情雅致，有著對生活欣賞的態度。

例如張岱在《陶庵夢憶》中記載了許多美食和趣聞，還特別強調他嗜食的土特產共有五十七種；沈復在《浮生六記》裡也說自己愛花成癖，喜歡剪盆樹，又與妻子自製盆景。張岱的愛美食成癖，沈復的愛花成癖，都是一種「寄」，寄情於此，便可找到生活的美學視野。

除了美食、盆栽，「書」當然更是讀書人的精神寄託，明代中葉吳寬「博古能文且精書法」，藏書甚多；楊循吉「好讀書，每得意，手足踔掉不能自禁」；何良俊「少篤學，二十年不下樓」，自謂：「吾有清森閣在海上，藏書四萬卷，名畫百簽，古法帖彝鼎數十種……。」從文人的「藏書」，再看到他們對於「書房」的要求，也可見其「寄」，袁中道讀書時，特別重視焚香，無論在室內、船上，焚香是少不了。在其《游居柿錄》中有兩則日記：「萬曆三十六年某日，『發舟公安，宿于郝穴。舟中無事，讀書改詩，焚香烹茶，書扇，便過一日。』」；「萬曆三十七年某日，『雨中頗清寂，焚香讀書。』」古代的焚香——沉香、檀香、茅香、麝香，種類很多，文人更有要求。

文人雅士很能在生活中找尋樂趣與寄託，袁小修說：「或以山水，或以曲蘖，或以著述，或以養生，皆寄也。寄也者，物也，借怡於物……。」（袁中道，《游居柿錄》，即《袁小修日記》二十卷。）的確，花鳥草木、酒飲書畫，都是可以找到賞玩的寄情。

六 結語

儘管在明清小品中，不多見儒家積極的入世態度，但作家寄情於生活瑣事、山水，或不為外物所役的生活態度，具有豐富的市民文化氣息，全都表現在其清雋爽朗的筆調中，其情真意切的性靈之美，正可符合當今的文化價值。

明清小品的內容除了上述以外，李贄、馮夢龍等人的文論、鄭板橋的書信、洪應明《菜根譚》現今還被拿來當作座右銘、《笑林》裡發人深省，讓人莞爾一笑的笑話——〈廚子〉：「有廚子在家裡切肉，藏一塊於懷中。妻子見了，罵道：

『這是自家的肉，為何如此？』廚子答道：『我忘了。』」；〈跌跤〉：「有一人不經意摔了一跤，剛起身，又跌倒在地。他嚅道：『早知還有一跌，剛才就不應該起來！』」——都是很具有現代感的。

這些都是明清小品文對中國文學史的重要貢獻，且都是具有相當重要的人文藝術與生活美學的參考價值的。

陳碧月／實踐大學博雅學部教授

明清小品文中內蘊的《莊子》風情

一、前言

小品之一詞最早記載於《世說新語．文學》：「殷中軍讀小品，下二百籤，皆是精微，世之幽滯。嘗欲與支道林辯之，竟不得。今小品猶存。」及「殷中軍被廢東陽，始看佛經。初視維摩詰，疑般若波羅密太多，後見小品，恨此語少。」說明小品之名本於佛經，魏晉南北朝時，佛教經典中以「品」作為篇章單位，佛經的經文分為詳本和簡本兩種，如《摩訶般若波羅蜜經》十卷本，稱為「小品」，而《般若經》有二十七卷本，稱為《大品般若經》，稱為「大品」；《六朝文絜》將小品稱之為「小文」。在當時是指個別成篇，言短而意長的作品，形式以篇幅短小，言語簡潔，獨立完整為主，題材內容則無所不包，風格變化多樣，為文精妙，意韻深長。

小品的內容，包括以序、書、贊、銘、碑為題的文章，就是雜文、書信、雜記、序跋、小傳等等，由曹植〈與楊德祖書〉：「昔丁敬禮常作小文」，說明當時就有文人寫短篇小品文的情形；唐・柳宗元、晚唐・陸龜蒙、皮日休當時所書寫的諷刺小品，也都是雜文、雜記之類；宋・蘇軾、黃庭堅，所寫的短篇文章，如蘇東坡〈記承天寺夜遊〉，都是短小精幹的小品文；明代山水、花木、書畫、閒適、議論……等，無不可入。小品成為作家單篇的文章，或文集的名稱，並大為流行於晚明，影響到清代。

其實這種體裁，在古代諸子經典中，已經出現一些生動、幽默、針對性強的小品，如《韓非子》、《莊子》、《孟子》等都有這類精彩的故事寓言，而與後世小品文的真性情、抒性靈精神層面最貼近的，當屬《莊子》，其中〈逍遙遊〉、〈齊物〉、〈天地〉、〈秋水〉等篇，以小段落的瑰麗精品，託寓萬物的創作風貌，呈現天地無窮變化，及宇宙的大觀世界，萬物啁啾婉轉間，揭開生命之無盡藏，玄妙之機，探幽至哲理思辨，這樣的山水風情，審美趣味，可以說是小品文的濫觴。

而明清小品文以情真、意趣、體活、語暢、小短的審美特色，體現當時文人在尋覓出自己的語言風格，自己的書寫方式，建立自己的特殊文體，體現《莊子》

中逍遙自在的本質，流露出真性情、適性、適意的人格特質，建構自己獨立自由，天機渾然的精神家園。

二　小品中的真人真性情

明清小品的時代背景，是在政治環境巨變的大時代下，人文思潮波濤洶湧，從心學勃興，到經學小學的壓抑，「奇葩」式的小品風采，是對傳統古文的「文以載道」的思想，散發獨特的文學特質，顯露著離經叛道的自我創造，這新觀念、新風格、新題材、個性化、卓然不群的真性情精神，在小品中隨處飄揚。

以明・公安派袁宏道（1568-1610）性靈說為例，其「獨抒性靈，不拘格套」、「幅短而神遙，墨希而旨永」的小品，開拓了文體的自由，將晚明文人的飲食家居、風俗遊記、戲謔笑話、清言禪理、玩藝清賞、諧趣風情等，有意識的表現著率真的風格。陸雲龍（約西元1628年前後在世）在〈敘袁中郎先生小品〉說：「率真則性靈現，性靈現則趣生」，他認為率真的袁宏道，人心之不同，亦各如其面目。創作應發真人真聲，而不是矯飾做作。他說：

性之所安，殆不可強，率性而行，是謂真人。今若強放達者而為縝密，強縝密者而為放達，續鳧項，斷鶴頸，不亦大可歎哉！

就是主張應表現人之真性情。所謂真性情就是真性、真情也。真性，就如同何心隱（1517-1579）在〈寡欲〉中所解釋的「性而味，性而色，性而聲，性而安逸，性也。」這是晚明時，當時社會流行的感官享樂與自然情欲的追求，也就是宏道自己所言：「或為酒肉，或為聲伎，率心而行，無所忌憚」的生活。

真情，是人之自然的喜怒哀樂、嗜好情欲等，包括「勞人思婦」、「閭閻婦人孺子」等由真心出發，質樸率直的情感。他以為，唯有出自真性、真情的作品才具有性靈，所以說：「出自性靈者，方為真詩爾！」因此，宏道對民歌與通俗文學作品，極為推崇，希望「多真聲，不效顰于漢魏，不學步于盛唐，任性而發，尚能通於人之喜怒哀樂、嗜好情欲。」（袁宏道〈敘小修詩〉）因為求真，求一種與一己之天然性情相投的生活，期望做到內不欺於己心，外不拂於人情。所以他曾在與〈龔惟長先生〉書信中說：

真樂有五，不可不知。目極世間之色，耳極世間之聲，身極世間之鮮，口極世間之談，一快活也。

雖然其中充滿著道家的意識，以及名士所謂的「放浪形骸」的不羈氣息，沉淪物欲，已然充分體現他積極尋求感官享樂與物質欲求的生活。此外，他將世人分為四種：「有玩世、有出世、有諧世、有適世」，其中適世之人是他「最喜此一種人，以為自適之極，心竊慕之。」（袁宏道〈徐漢明〉）還解釋：

其人甚奇，然亦可恨，以為禪也，戒行不足，以為儒，口不道堯舜周孔之學，身不行羞惡辭讓之事，於業不擅一能，於世不擅一務，最天下不緊要人。

正因為有這樣一種自適的真人思想，因此，自然產生了如莊周夢蝶，在壕上有知魚之樂，這樣一種與物融合為一的樂趣，所以他說：

如山上之色，水中之味，花中之光，女中之態，雖善說者不能下一語，唯會心者知之。（袁宏道〈敘陳正甫會心集〉）

這種趣味是人在釋放自我後，身心得以舒展，人性得以解放，在感性享樂的生活中，各適其性，自娛自樂。因此，宏道登山臨水、談禪論道、賞花品茗、飲酒作詩，無不性靈抒發，適性度日。

三　小品中與造物者遊的適意

明清山水小品是上乘之作，在山水逍遙之間，懷抱不盡之意，王思任（1574-1646）曾說道：「始知顏色不在人間也。」、「不觀天地之富，豈知人間之貧哉？」（《游喚．小洋》），他寫〈遊滿井記〉與袁宏道〈滿井遊記〉不同，袁宏道重在寫滿井的自然風景，由自然美而引發的心靈愉悅；他則重在寫滿井一帶的事態人情。先畫龍點睛地說出滿井之位置、樣貌、得名的由來。

一亭涵井，其規五尺，四窪而中滿，故名。滿之貌，泉突突起，如珠貫貫然，如蟹眼睜睜然，又如魚沫吐吐然，藤蓊草翳資其濕！

滿井之引人之處，在於有泉水，泉水的好處是：「京師渴處，得水便歡。」一個「歡」字，加上生動傳神的「突突起」、「貫貫然」、「睜睜然」、「吐吐然」，一連四個疊詞，把泉水的特點與獨特性，生動而準確地在「蟹眼」、「魚沫」中寫活了。文中寫各色人等，更是各具世俗情態：有「巾者帽者」、「擔者負者」、「席草而坐者」，各色人等，賣飲食者，大聲么喝，招徠食客；富豪家奴，氣焰囂張，不可一視；父子對酌、夫婦相處，全沒尊卑長幼之分。潑婦醉罵，滋事生非，醜態百出，一些打扮入時的婦女，被擁擠得丟了鞋子，掉了耳墜，到處尋覓；有不軌之徒奪人衣物、調戲婦女，有打報不平者，鬥毆流血，死傷人命，真是一幅世俗百態圖，最終一句「一國惑亂」、「看盡把戲乃還」，真有莊生超然物外，冷眼旁觀之姿。

以逍遙遊出名的就是從二十二歲開始出遊，直至五十五歲病倒於雲南的麗江畔的徐弘祖（1586-1641），錢謙益（1582-1664）曾說：「徐霞客千古奇人，《遊記》千古奇書」，在《徐霞客遊記》中，作者的文筆清麗，雲飄霞舉，以廣博的科學內容，和詳實的準確記載，完成了被稱為「世間真文字、大文字、奇文字」的「今古紀遊第一」的佳作，而他自稱：「吾荷鍤來，何處不可埋吾骨也」，這樣一位終其一生都是上與造物者遊，而重實寫的紀錄地貌、道路、溪流、山巒、瀑布，以如在目前的呈現，激發讀者一睹為快的嚮往。

除了身體的遊，心靈的遊更是不可忽視，雖然當時臺閣體的雍容典麗，應酬之作充斥，到茶陵派格調說，復古派揭櫫：「文必秦漢，詩必盛唐」的古風中，都箝制了人性的舒展，但也有卓然自立，不傍門戶的作家，如文徵明（1470-1559）、唐寅（1470-1524）等，又在理論上、創作上不隨波逐流，如唐宋派的唐順之（1507-1560）、歸有光（1507-1571）、茅坤（1512-1601）等人，及李贄（1527-1602），和公安派、竟陵派等，強調童心說，寫真等論點如潮水般激盪。

例如文徵明為文，蓄思深沈，命意微婉，文簡而情真。唐寅之文多出於不經意間而意象新妙，文才惻豔。他們以清快、天真風格稱著的「才子文」出現，一反仿古之作，傾動當時的文人；被黃宗羲（1610-1695）稱為「二三君子，振起於時風眾勢之中」的唐宋派散文名家唐順之等，主張好的文章，不在乎輕聲律，雕文句，而在於「具千古隻眼」有「不可靡滅之見」，直抒胸臆，富有本色，信手寫出真精神、真感情，以清淡質樸的文筆，記下平凡日常瑣事，抒情真摯，不經雕琢，而風味超然。王世貞曾稱讚順之的行文如「風行水上，渙為文章，當其風止，與水相忘」（〈歸太僕贊〉）從傳統古文中展現新興散文體貌。

四　小品中的轉折化境的天機渾然

明清文人在國家大亂之後，無心於功名，如明初文人劉基、袁凱等，埋首讀書，文風一脫元末纖穠浮豔之習，在小品的創作中折射出喜人的光彩，轉化對待世事、看待大小、名實、美醜的看法，成為天機渾然的生命意境。如劉基（1311-1375）《郁離子》是寓言集、雜文集，是他棄官歸田時的深刻反思，文筆犀利而寓意深遠，辨博奇詭，氣昌而奇，他有名的〈賣柑者言〉：

峨大冠，拖長紳者，昂昂乎廟堂之器也，果能建伊皋之業耶？盜起而不知御，民困而不知救，吏奸而不知禁，法斁而不知理，坐糜廩粟而不知恥。觀其坐高堂，騎大馬，醉醇醲而飫肥鮮者，孰不巍巍乎可畏，赫赫乎可象也？又何往而不金玉其外，敗絮其中也哉？

這樣機智巧妙的諷諭，道盡名實不符的現象，也說出：「名者，實之賓」（〈逍遙遊〉）的真實意義。

張岱（1597-1689）是晚明小品集大成者，從小到大，服食豪侈，享盡榮華，前半生生活優渥，後清兵入關，便墜入國破家亡，常至斷炊的生活境地，但筆下常帶機鋒，寫〈柳敬亭說書〉說：「柳麻子貌奇醜，然其口角波俏，眼目流利，衣服恬靜」，柳敬亭雖醜，但眼目風采，活潑有神，說書時講到武松打虎，則描寫得神采飛揚：

余聽其說景陽岡武松打虎白文，與本傳大異。其描寫刻畫，微入毫髮，然又找截乾淨，並不嘮叨渤夬。聲如巨鐘，說至筋節外，叱咤叫喊，洶洶崩屋。武松到店沽酒，店內無人，驀地一吼，店中空缸、空甏，皆甏甏有聲。閒中著色，細微至此。

把這位說書人柳麻子說書的境界，細膩地描繪，並以「其疾徐輕重，吞吐抑揚，入情入理，入筋入骨」評論之，雖貌不驚人，但文中兩度與當時容貌出眾的藝人王月生相提並論，說明一個人若能充分發揮自己的特長，憑藉著對藝術作品的深刻領悟和卓越才華，成就一代評書大師，藝術的真義為何？也就不言而喻了！所以另一篇談及當時的一位演員〈彭天錫串戲〉，則高呼曰：「余嘗見一齣好戲，恨不得法錦包裹，傳之不朽；嘗比之天上一夜好月，與得火候一杯好茶，可供一刻受用，其實珍惜不盡也！」

清．廖燕（1644-1705），因厭棄科舉八股，而絕意仕進，以小品文為例，談及小大之辨，說明小品文雖不長，但多方設喻，卻使理在其中，在〈選古文小品序〉中即言：

大塊鑄人，縮七尺精神於寸眸之內，嗚呼！盡之矣。文非以小為尚，以短為尚，顧小者大之樞，短者長之藏也！

文一開始就以天地大自然鑄造人七尺之軀，精氣神卻都在雙眸為喻，說明「小」中聚集著「大」的哲理，文章不以長短分優劣，而應以「理至」與否為原則。

小品中也有天機之妙與天籟之感，袁枚（1716-1798）以為天地萬物處於永恆的流動之中，創作應是詩人憑藉情感的自然流動，與天地間萬物偶而接觸，不假人工，不施人巧，即景成趣，興會而神到，方為佳作。即是《續詩品》中所說：「混元定物，流而不住，迎之未來，攬之已去，詩如化工，即景成趣。」《詩話》中還說：「夫詩為天地母音，有定而無定，到恰好處，自成音節。此中微妙，口不能言。」所謂的「到恰好處，自成音節」就是詩人靈機興會而來，衝口而出，順乎自然之音。所以他主張創作應是如：「但肯尋師便有師，靈犀一點是吾師」（〈遣興〉）、「我不覓詩詩覓我，始知天籟本天然」（〈老來〉）。這樣的自然而然的方式，而不是強作詞賦，專事疊韻和韻，塞斷天機，背離性靈一路。

然而事本無常，舟原不繫，星且移宮，泉非擇地。攬物化之推遷，嘆人生之如寄。朝雖拖乎中流，夕不知其所至。當前之峰影常青，此後之橈音孰繼？鼓沙棠之楫，豈料重登？賦苦葉之匏，還期共濟。舟之泊也，共萬物以安恬；舟之行也，聽江風之位置。（袁枚〈不繫舟賦有序〉）

作者藉園中一座舟形的屋子發議論，頗有特點，原本房子建成船形就很獨特，取名不繫，更寓《莊子・列禦寇》：「飽食而遨游，泛若不繫之舟，虛而遨遊者也。」之意，作者借題發揮，感嘆世事變化，人生如寄，就像斗轉星移，高山流水，非人力所能改變，人生中宦海沉浮，也不是人力所能控制，舟船本是人造物，由人所操控，但即使要控制，也非容易的事情，行舟時，不得不受江風海浪的影響；即使停泊時，也不能不顧慮到與周圍萬物的和諧，舟，不必繫，也繫不住它，人生也如此，有時不得不聽從命運的安排！一間舟行的房子，不僅在外觀上引人美感，更在深層內涵上，引發無盡聯想。

五　小品文薪盡火傳地與莊冥合

小品是散文審美意蘊的絕對開拓，描摹了對人性的重視和關懷，在那世變的時代中，能藉小品文的藝術精神，肯定自我存在的意義與價值，充分造就一個文化空間，予以審美價值的確定，藝術的自由發展，這是中國文化中前所未有的。

在解讀明清小品文中，我們發現，除了內容在林泉高致之間遊歷之外、尚激蕩著絕塵之音，暗藏於文士人格的深層意蘊，由性靈的解放中，「夫吹萬不同，而使其自己也」，造就一個貴真，「與造物者遊」的真人、神人之境，「常因自然」的渾然天成，因此，這份「真」能與西方接軌，產生對話，如周作人提出了美文說，魯迅有 Essay 說、胡夢華的 Familiar essay 說、梁遇春的小品文說、林語堂的幽默小品文等說，因此，小品文幻化出與《莊子》冥合的特別風采，小品之濫觴於《莊子》，體現《莊子》逍遙自適的本質，拓展了常因自然的特色，最後與西方思潮共舞，一波波迴盪著自然風情，而擴展無窮。

錢奕華／聯合大學華語文學系助理教授

袁宏道〈晚遊六橋待月記〉篇章結構之特色

一　前言

篇章結構學是針對辭章的篇與章，處理與研究存在於事物與事物之間，各種邏輯關係的一門學問。一般而言，辭章家在創作時，乃會自覺或不自覺的運用「條理」去安排「材料」以表達「情理」，進而形成合乎秩序、變化、聯貫、統一等規律與美感的作品。

袁宏道〈晚遊六橋待月記〉寫於萬曆二十五年（西元 1597 年）二月遊杭州西湖時，是袁宏道十六篇西湖遊記中的第二篇，也是明代記遊小品文中十分受到矚目的作品。從篇章結構學的角度來看，在縱向的內容方面，西湖四季皆宜、陰晴皆美，作者如何獨具慧眼，描繪西湖月景？在橫向的條理方面，作者如何安排布置春光、月景、梅桃、遊人、白日、朝煙、夕嵐等諸多材料之次第？因此，本文擬以篇章結構學的理論為研究基礎，從縱（內容）橫（章法）向結構的疊合與章法四大規律為切入點，探討袁宏道〈晚遊六橋待月記〉在篇章結構上的特色。

二　〈晚遊六橋待月記〉的縱橫向結構特色

篇章結構含「縱」、「橫」兩向，縱向結構是指由情、理、事、景等內容成分，組成具有層次性的意象系統；橫向結構則是透過章法，聯句成節、聯節成段、聯段成篇所形成的邏輯條理。這樣的辭章學原理，乃承繼自劉勰「情者，文之經；辭者，理之緯」（見劉勰《文心雕龍》卷七）以及方苞「義以為經，而法緯之」（見方苞〈又書貨殖列傳後〉）的文學理論。

篇章結構的分析步驟，大致上有三個過程，即節段大意、縱向的內容層次、橫向的章法結構。處理時，若能在節段大意表的基礎下，進一步的由平面走向立體，掌握內容成分之間的層次與邏輯關係，並轉化為章法單元，如今、昔、正、反、凡、目之屬，就能統整出辭章的組織條理。不過，為能完整呈現辭章作品內在的層次邏輯，以助於理解作者所欲抒發的情意，並賞味文學的藝術美感，就需全面牢籠篇章的縱、橫向結構，將縱向結構（意象、內容）與橫向結構（章法）疊合為一。

袁宏道〈晚遊六橋待月記〉主要是藉著書寫西湖六橋之美，襯出妙不可言的月景，抒發「待月」的樂趣。文章寫道：

> 西湖最盛，為春為月。一日之盛，為朝煙，為夕嵐。今歲春雪甚盛，梅花為寒所勒，與杏桃相次開發，尤為奇觀。石簣數為余言：「傅金吾園中梅，張功甫玉照堂故物也，急往觀之。」余時為桃花所戀，竟不忍去湖上。由斷橋至蘇隄一帶，綠煙紅霧，彌漫二十餘里。歌吹為風，粉汗為雨，羅紈之盛，多於隄畔之草，豔冶極矣。然杭人遊湖，止午、未、申三時。其實湖光染翠之工，山嵐設色之妙，皆在朝日始出，夕舂未下，始極其濃媚。月景尤不可言，花態柳情，山容水意，別是一種趣味。此樂留與山僧遊客受用，安可為俗士道哉！

若以各節段的主要文意為依據，則其節段大意共有四部分：

- 一、總述西湖之盛景。（第一段）
- 二、分述綠煙紅霧之豔冶春景。（第二、三段）
- 三、分述朝日始出、夕舂未下的湖光山色。（第四段前半）
- 四、分述別具風味的月景與待月之樂。（第四段後半）

其次，各節段的內容，又可層層析出，形成下列的縱向結構表：

- 總述西湖之盛
  - 平時
    - 總述：「西湖」句
    - 分述
      - 春：「為春」句
      - 月：「為月」句
  - 一日
    - 總述：「一日」句
    - 分述
      - 朝煙：「為朝煙」句
      - 夕嵐：「為夕嵐」句

- 分述西湖之盛
  - 春與朝夕
    - 春
      - 梅桃盛：「今歲」十句
      - 遊人多：「由斷橋」八句
    - 朝夕
      - 白日：「然杭人」二句
      - 朝煙、夕嵐：「其實」五句
  - 月
    - 月景：「月景」四句
    - 待月之樂：「此樂」二句

第一段「總述西湖之盛景」，其實是分就一般平日（春、月）與一天之中（朝煙、夕嵐）而論的。而「分述西湖之盛景」的部分，則先在第二、三段及第四段前半，描寫梅桃綻放、遊人如織的春景；接著，為了鋪墊月景，而更動首段春、月、朝夕等三條綱領的寫作順序，透過「白日」對比出朝煙、夕嵐之妙；最後再把待月的興味，留到文末，以收扣題與畫龍點睛之效。可見，它們之間的邏輯關係存在著凡目、久暫、正反、情景等條理，故其橫向結構分析表為：

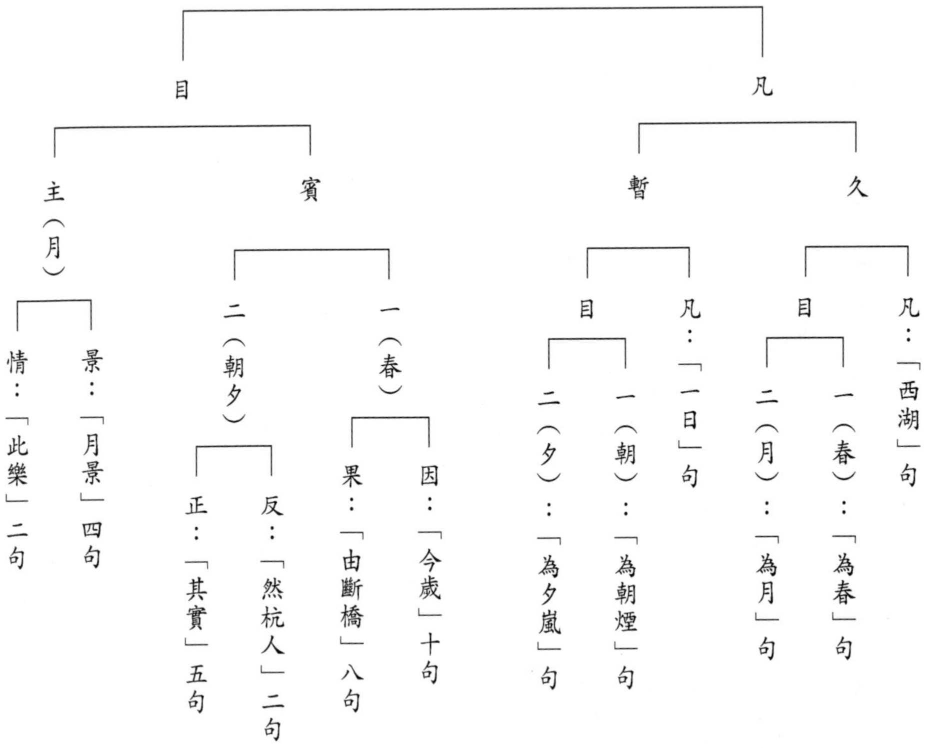
目
凡
主（月）
賓
暫
久
景：「月景」四句
情：「此樂」二句
一（春）
二（朝夕）
因：「今歲」十句
果：「由斷橋」八句
反：「然杭人」二句
正：「其實」五句
凡：「一日」句
目
一（朝）：「為朝煙」句
二（夕）：「為夕嵐」句
凡：「西湖」句
目
一（春）：「為春」句
二（月）：「為月」句

總括與分述就是「凡」與「目」的關係，因此，文章首層是「先凡後目」結構。其中，「凡」裡的「平時」與「一日」，在時間的章法上，又有一久一暫的二元性質，而且各又以「西湖最盛」與「一日之盛」為總括，再分述最盛者為何，故形成兩疊「先凡後目」。

此外，文章在二、三兩段，寫因為「梅桃盛」故而「遊人多」的因果關係，以表現綠煙紅霧之豔冶春景，是「目一」；然後在末段自「然杭人遊湖」至「始極其濃媚」，藉白日與朝夕之正反對比，具寫朝煙、夕嵐之美，此為「目二」。以上兩個條目同時也是處於輔助地位，用以烘托月景之「賓」。

從「月景尤不可言」至最後，則是針對文章主題——待月，由景入情的加以敘寫。而且除了賓主關係外，這三個「目」還存在著詳略的變化，作者在文中有意藉由詳寫目一、目二之盛景，來加強讀者「待月」的情緒，但是到了要正面描寫月景之美時，卻只以疏疏幾筆帶過，留下無窮餘韻。吳戰壘就賞析道：「題為〈晚遊六橋待月記〉，卻始終沒有正面寫待月的情景。他的高妙處在於以層翻浪迭之筆，依次寫出梅花、桃花之美，朝煙、夕嵐之美……從而造成讀者強烈的『待月』心理。待到『千呼萬喚始出來』，卻又匆匆一面，飄然而去，使人有『著眼未分明』

之感，因而顯得餘韻悠然，情味無窮。」（見吳戰壘《古文鑑賞辭典》）

若將縱橫兩向結構相疊合，則可表示如下：

- 凡（總述西湖之盛）
  - 久（平時）
    - 凡（總述）：「西湖」句
    - 目（分述）
      - 一（春）：「為春」句
      - 二（月）：「為月」句
  - 暫（一日）
    - 凡（總述）：「一日」句
    - 目（分述）
      - 一（朝煙）：「為朝煙」句
      - 二（夕嵐）：「為夕嵐」句

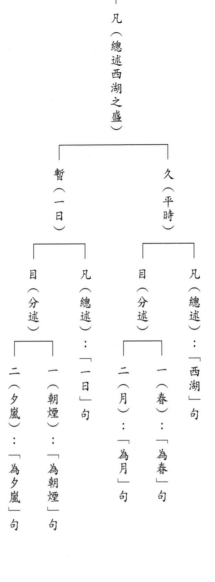

- 目（分述西湖之盛）
  - 賓—詳（春與朝夕）
    - 一（春）
      - 因（梅桃盛）：「今歲」十句
      - 果（遊人多）：「由斷橋」八句
    - 二（朝夕）
      - 反（白日）：「然杭人」二句
      - 正（朝煙、夕嵐）：「其實」五句
  - 主—略（月）
    - 景（月景）：「月景」四句
    - 情（待月之樂）：「此樂」二句

由此縱橫向疊合的結構表看來，不但是表層的景情等內容明晰可見，整篇文章的深層條理也梳理清楚了。

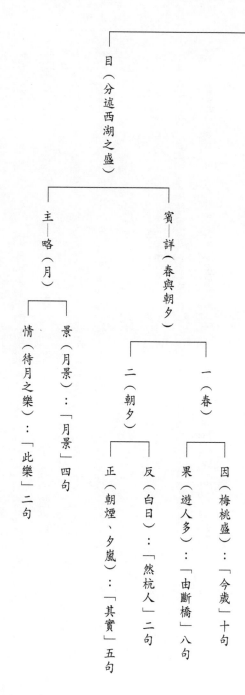

三 〈晚遊六橋待月記〉的章法規律特色

辭章謀篇布局的條理約有三、四十種類型，這些章法都存有一些內在的規律，也就是形成「秩序」、「變化」、「聯貫」，最後臻於「統一」的原則，此即所謂「章法四大律」（見陳滿銘《章法學論粹》）。所謂「秩序律」，是指辭章的結構符合於或順或逆的「移位」式條理原則，如「先昔後今」、「先凡後目」等順向移位結構，或「先反後正」、「先果後因」等逆向移位結構。「變化律」是指辭章的結構符合於順逆交錯的「轉位」式條理原則，如「遠、近、遠」、「實、虛、實」、「景、情、景」等結構。而所謂「聯貫」，是針對材料的銜接或呼應來說的。無論是哪一種章法，都可以由局部的「調和」與「對比」，形成銜接或呼應，而達到聯貫的效果。「統一律」則是就辭章的整體性，來論其材料與情意的通貫，通常是透過「主旨」與「綱領」，使辭章達成「統一」，並生發出篇章風格。

透過上節的篇章結構分析表，可以發現，〈晚遊六橋待月記〉一文首先就「平時」（久）與「一日」（暫）兩個時間點，提出西湖六橋之盛景，為「春」、為「月」、為「朝煙、夕嵐」，形成三條綱領，這是全文總括的部分，而且各又以「西湖最盛」與「一日之盛」為總括，再分述最盛者為何，故於第三層形成兩疊「先凡後目」結構。後半則是透過梅花、杏桃之「相次開發」，與「歌吹」、「羅紈」等遊人盛況，具寫春景；接著又以「午、未、申三時」與「朝日始出，夕春末下」作一對照，具寫朝煙、夕嵐，以上二目也是居於陪襯月景的「賓」位。最後則是回到文章題旨——待月，透過月下的花柳山水，拈出此番「安可為俗士道哉」的樂趣。

透過章法的輔助，可以從結構表中考察到本文的層次邏輯及其應合於章法四大律的特點。在秩序律的部分，全文運用「先凡後目」、「先久後暫」、「先賓後主」、「先景後情」、「先因後果」、「先反後正」等移位結構，形成秩序，使層次井然分明。在聯貫律的部分，其篇章結構除了正與反的二元屬性帶有對比關係之外，其餘如凡與目、因與果、賓與主等，在兩者形成關連的基本性質上，都偏向調和性的聯貫關係。在統一律的部分，本文以「春」、「月」、「朝煙夕嵐」為三條重要的線索，貫串起所有用以書寫西湖六橋盛景的材料；而就核心情意來觀察，則作者藉著西湖的迷人風光所抒發的「待月之樂」，是主旨所在，它不但在篇末才被點出，而增添了不少懸念與意韻，更有回抱全文並使之通貫為整體的作用；此外，文章所用以書寫的材料，和偏向調和的聯貫關係，也使得文章的風格自然的偏向陰柔清麗。

本文之篇章結構在章法規律上的藝術特色，可以表格整理如下：

章法規律	〈晚遊六橋待月記〉之章法規律特色
秩序律	「先凡後目」、「先久後暫」、「先賓後主」、「先景後情」、「先因後果」、「先反後正」等移位結構
聯貫律	偏於調和
統一律	待月之樂（陰柔風格）

四　結語

由於辭章作品是內容與形式結合的有機整體，因此若能綰合縱（內容）橫（章法）兩向結構加以探究，則較可完整的展現其篇章結構的藝術特色。

本文以篇章結構學為立論基礎，從縱橫向及其疊合之結構，以及對應於章法規律的現象，檢視〈晚遊六橋待月記〉在謀篇布局上的藝術特色。研究發現，在〈晚遊六橋待月記〉的篇章縱向結構中，作者先總述西湖之美，而後分述春光與朝夕，再至月景，以推出耐人尋味的待月之樂。這些具有層次性的內容，本身亦同時存在著縝密的邏輯關係，如凡目、久暫、因果、正反、賓主、詳略、情景等條理，形成其横向結構。尤其是後半用以輔助的「春」（賓一）與「朝夕」（賓二），不但成功的烘托出文末的主角——「月」（主），而且三者（目）也緊密的呼應著首段所總述的春、月、朝煙夕嵐（凡）。此外，由反而正的處理「午、未、申三時」與朝夕之美，也暗喻著雅俗之別；而由詳而略、由景入情的書寫理路，更使文章充滿餘韻。這些篇章結構上的特色，也應合於章法的規律，它顯示出文章乃由個別的移位結構，形成秩序，並以偏於調和的方式聯貫起來，而透過「待月之樂」的主旨和「春、月、朝夕」等三條綱領統一全文，體現出作家獨特的審美情趣與作品陰柔清麗的篇章風格。

陳佳君／國立臺北教育大學語文與創作學系副教授

書畫鑑賞，小品風貌

小品文在文學史上的發展源遠流長，雖然名稱本是佛教用語，乃是相對於「大品」指經過節略的佛經，然而從它篇幅短小、意韻深遠的特點來看，其濫觴可推至先秦諸子的寓言，以及產生於戰國末到秦漢初，並由劉向編輯成書的《戰國策》。其後，小品文歷經魏晉南北朝、隋唐五代、以迄宋元，在傑出作家的努力下，題材更加多元，審美性質也有明顯提升，筆法也益加變化多端。舉凡諷喻、山水、論理、抒情，均有一定的數量，寓言、書信、詔令、筆記，均可作為承載的形式。

明代是小品文的一個顛峰時期，出現許多優秀的作品，文人們也開始以「小品」作為前人和自己文集的名稱，如王訥諫將所選錄的蘇軾作品取名為《蘇長公小品》，陸雲龍選有《翠娛閣評選十六名家小品》，衛泳則有《古文小品冰雪攜》，王思任則著有《謔庵文飯小品》、陳繼儒有《晚香堂小品》等。

《中國小品文史》曾將明代小品文分成初期、中期、晚期三階段加以論述，頗能概括明代小品文的轉變與特色。明代開國至明成祖永樂年間，前後約五十年的時間，屬明代初期，劉基、宋濂、高啟、方孝儒等文人的小品文，較具社會現實意義。劉基《郁離子》透過將近兩百則的寓言故事，傳達了他治國安民的主張。宋濂〈王冕傳〉、〈杜小環傳〉、〈胡長儒傳〉以淺顯的文字，生動刻畫出傳主的鮮明形象，黃宗羲稱讚他「無意為文，隨地湧出波瀾自然浩渺」。其他像方孝儒〈里社祈晴文〉、薛瑄〈貓說〉等文章，也都帶有濃厚的社會關懷。

宣德初年到明武宗正德末年，可稱為明代中期。此一時期，隨著楊士奇、楊榮、楊溥等臺閣重臣興起的「臺閣體」，歌功頌德的文風受到了不少批評，其後以李東陽為代表的茶陵派，唐順之、歸有光為主的唐宋派，都以矯正臺閣體所造成的萎靡文風為志。李東陽為官時間長，又善於獎掖後進，與他交往的文人眾多，因此常有為人文集作序跋的機會，其〈葉文莊公集序〉、〈張東海集序〉、〈倪文毅公集序〉等，或論其人其事，或論其作品特色，文字儘管平淡，但感情真摯，文辭雋永。

晚明大致可從世宗嘉靖年間算起，至思宗崇禎末年，約一百二十多年的時間，雖然內憂外患接踵而至，卻也是小品文取得輝煌成就的時期。歸有光〈寒花葬志〉、〈項脊軒志〉，透過日常中的小事，以及生活裡的一景一物，自然而然地表達出自己思念亡人的心情，情深意重，讀之令人低迴再三。唐順之〈竹溪記〉、〈書秦風蒹葭之章後〉、王慎中〈碧梧軒詩序〉、〈聚樂堂記〉也都是小品名篇。此外，被視為異端的李贄，也有不少小品。其小品不脫其個性，議論往往有驚世駭俗之筆，〈題孔子像於芝佛院〉對當時社會尊崇孔子和排斥異端的現象進行了深刻的批判，〈與曾繼泉〉一信則透露了他本人的憤怒。其他如屠隆、徐宏祖、張岱、三袁兄弟等文人的小品，則以旅遊經驗與山水自然主題佔大多數。

然而，明代文人的生活多采多姿，尤其中晚期經濟發達，物產豐富，物質層面的需求已無匱乏，對於精神層面的要求更加講究，古畫、古物、衣飾、圖書、盆花，這些本來屬於金錢可以買到的東西，由於一般大眾也加入購買、收藏的行列，文人為了使自己的喜好與這些人有所差距，對於「物」的把玩、賞鑒也投入更多的心思，除了考證其來源外，還要分辨優劣、等級，並加以品評，文震亨《長物志》便是此種風氣下的作品。這種風氣，表現在文藝上，便是出現了一批關於作品品評、創作理論的小品文。這類小品文除了品評詩文、戲曲外，也對書畫作品投以巨大的熱情，在評論中同樣展現了明人獨特的品味。時人李陳玉針對明代小品文作家，同時也是當時書畫、戲曲領域藝術家的現象有言：「從來畫苑名家，半屬能文之士，何也？其人之精神，必有以取萬物之微，而後倒順橫斜能轉折賦形而出。」（〈書李山人畫冊〉）寫作和繪畫一樣，都需要有細膩的觀察力加上隨物變化的創造力，因此這些以小品作為評論方式的文人，在鑑賞書畫的同時，也成就了一篇篇文辭優美、具豐富內蘊的小品文。

徐渭（1521-1593），浙江山陰（今浙江紹興）人，字文長，號天池，又號青藤。早年喪父，生母為婢，自幼遭遇十分坎坷。他個性狂放不羈，不拘於禮法封建，特立獨行，天才橫溢。磊砢居居士言其「曠代奇人也，行奇，遇奇，詩奇，文奇，畫奇，書奇，而詞曲為尤奇」（〈四聲猿跋〉）。袁宏道為他所寫的傳記〈徐文長傳〉也引梅客生之言說他：「病奇於人，人奇於詩，詩奇於字，字奇於文，文奇於畫，予謂文長無之而不奇者也」。

由於先後師事王陽明大弟子季本、王畿，徐渭受到陽明之學影響甚鉅，強調以自然本真的「情」，作為最基礎的「道」。在文藝上，他和吳中四才子文徵明、唐伯虎、祝枝山、徐禎卿一樣，不盲從復古，具有革新精神，講究「情」、「真」，提倡「本色」，因此受到以性靈為主的公安派所激賞。在繪畫上，他喜畫殘菊敗荷，擅長以水墨寫意花卉，風格奔放，所畫作品「無法中有法」，「亂而不亂」。徐渭曾自述平生「書第一，詩二，文三，畫四」。對於書法，他也認為應該要有自己的個性：

非特字也，世間事，凡臨摹直寄興耳，銖而較，才而合，豈真我面目哉？臨摹蘭亭本者多矣，然時時露己筆意者，始稱高手。予閱茲本，雖不能必知其為何人，然窺其露己筆意，必高手也。優孟之似孫叔敖，豈并其鬚眉軀幹而似之邪？亦取諸其意氣而已。（〈書季子微所藏摹本蘭亭〉）

徐渭認為，即使是臨摹前人的書帖，也不可以只追求形似，必須透過「意氣」追求掌握作品的精神，並且在書寫時要有自己的風格、自己的本色。對於繪畫，他也有相同的看法：

吳中畫多惜墨，謝老用墨頗侈，其鄉訝之，觀場而矮者相附和，十之八九。不知畫病不病，不在墨重與輕，在生動與不生動耳。（〈書謝叟時臣淵明卷為葛公旦〉）

繪畫是人的創造活動，徐渭把自然天成作為藝術的最高境界，不求表面的形似，而將生動與否視為繪畫的關鍵。同時他也認為，繪畫也必須抒發畫家自己獨特的性情，表達特殊的氣質。換言之，他要求創作主體必須成為創作過程中的主宰，「不求形似求生韻」，畫家畫出來的必須是自己心裡、眼裡的所見，而不是他人的所見，他的這種說法，更確認了寫意繪畫的地位。

陳繼儒（1558-1639），松江華亭（今上海松江）人，字仲醇，號眉公、麋公。繕寫水墨梅花，風格「蒼老秀逸」，是著名的文人畫家，同時也是戲曲批評家。由於他與董其昌交往深厚，他的書畫評論中紀錄了不少與董其昌的互相交流的心得，也常常引用董其昌的見解。

陳繼儒對於書畫都有深入研究，常常以畫論書，以書論畫，書畫並舉，同時也喜歡以禪論畫：

畫者，六書象形之一，故古人金石、鐘鼎、隸篆，往往如畫。而畫家寫山水，寫蘭，寫竹，寫梅，寫葡萄，多兼書法，正是禪家一合相也。畫用焦墨生氣韻，書以用淡墨生古色，此又禪家賓主法也。（《太平清話》卷四）

書畫關係密切，書對畫有作用，畫對書也有影響，兩者在「氣韻」上相通，因此彼此可相互取法。「筆墨」是文人畫的表現核心，陳繼儒對之也有自己的主張：

世人愛書畫而不求用筆用墨之妙，有筆妙而墨不妙者，有墨妙而筆不妙者，有筆墨俱妙者，有筆墨俱無者，力乎？巧乎？神乎？膽乎？學乎？識乎？盡在此矣。總之不出蘊藉中沉著痛快。（《妮古錄》卷一）

筆墨雖是繪畫的技法，但兩者有別，必須互相配合，達到和諧共生的地步。筆墨若要精妙，必須有力、巧、神、膽、學、識的綜合修養，徹底掌握這些素質，才能將筆墨運用自如。換言之，技法融入了精神層面的要求，「文人畫」不只是繪畫，而是文人精神氣質的整體展現。前代畫家中，陳繼儒最推崇元四大家中的倪瓚，認為：

> 子九、叔明、梅道人及雲林，皆從董北苑筆，而三子猶有門庭，間雜縱橫家意。惟雲林虛和蕭淡，酷類其人。余列倪畫於三子首座。（〈題董宗伯玄宰畫雲林筆意〉）

倪瓚善畫墨竹，風格遒逸，畫面多寒林淺水，風格蕭瑟幽寂。陳繼儒本身性情恬淡，多次辭官不就，特別欣賞倪瓚畫中的細緻筆墨，清簡構圖，以及高逸出塵的情趣。

董其昌（1555-1636），和陳繼儒一樣，是松江華亭（今上海松江）人，字玄宰，號思白、思翁，別號香光居士。他做過太子太傅，官至尚書，在官場中頗有地位，然而勤於書畫，善於鑑識，頗多收藏。他本人的繪畫取法董源、倪瓚，集各家之長，風格古雅秀潤，〈關山雪霽圖〉、〈秋興八景冊〉、〈山川出雲圖〉、〈山居圖〉堪稱明代繪畫的代表作。然而，影響後世最大的，還是他的繪畫理論。

董其昌畢生致力於「文人畫」的提倡與分辨。就中國繪畫史來看，畫家的分門別派在董其昌之前不是沒有，然而大多是以畫風的演變作為依據，並沒有明顯的抑揚。直到董其昌、陳繼儒提出「畫分南北宗論」，分宗立派的學說才算正式成立。

董其昌推唐代王維為文人畫之祖，將李思訓視為非文人畫派之宗，並將後代畫家各自歸類：

文人之畫，自王右丞始，其後董源、巨然、李成、范寬為嫡子，李龍眠、王晉卿、米南宮及虎兒皆從董、巨得來，直至元四大家黃子久、王叔明、倪元鎮、吳仲圭皆其正傳，吾朝文、沈則又遙接衣缽。若馬、夏及李唐、劉松年，又是李大將軍之派，非吾曹當學也。（《畫禪室隨筆・畫源》）

董其昌從技法觀點出發，以水墨渲染為南宗，青綠山水為北宗，並直言李派不應該學，個人好惡十分明顯，雖然評論的立場不夠客觀，然而他有意識的建立一個清楚「系譜」，並嚴格規範畫家的學習，對於自張彥遠以下關於「文人畫」的定義與理念、特徵，有恢復、確立的功勞。

此外，董其昌也對唐宋元三代山水畫的發展提出一個規律，即由工整嚴謹到流暢自然，然後由流暢自然到率意輕佻。他品評畫作強調「暢」和「天然渾成」，不喜刻意求工，認為唐代的山水畫未能到達「暢」，宋代畫作開始求「暢」，因此，從唐至宋，便是一個益加雄渾的過程。在評論元代山水畫時，董其昌更標舉出「超逸」的觀念，認為黃公望、吳鎮、王蒙尚未擺脫作家氣質，不夠超逸，儘管他也曾給予黃公望的〈富春山居圖卷〉極高評價，但仍從逸品的角度，將最高地位賦予倪瓚和高克恭。

明代文人對於書畫大都能提出自己的意見，在以題跋、書信、短文的小品形式書寫自己的看法外，他們也毫不保留地表達自己對前人或同輩書畫作品的喜愛。文震亨即言：

金生於山，珠產於淵，取之不窮，尤為天下所珍惜，況書畫在宇宙，歲月既久，名人藝士，不能復生，可不珍秘寶愛。（《長物志．書畫》）

金玉珠寶雖然珍貴，畢竟有一定數量，書畫作為藝術作品，每一張每一幅都是獨一無二，縱使有後人不斷臨摹，也無法取代真跡。況且書畫質地脆弱，保存不易，更顯其無價。

對於書畫的賞玩，陸樹聲有生動的描述：

國朝畫，推鍾欽禮。……即年代未遠，筆染頗多，世未寶惜，然畫家已列名品矣。予二方得之白崖葉君。予時蓋垂髫也。每視其筆墨所到，勢若飛動，逼切真態，意頗愛重，置巾笥中，出入把玩。予以辛丑歲，抱藝上京師，則又與之偕至京師。凡舟棲旅泊，風雨晨昏，燈火筆劄之餘，輒出披對。每念昔人寶玩名筆流散不偶，而此筆從予手披者，幾二十年，且不為好事者取去；

表而傳之，安知不與昌黎記人物畫並遊耶？（〈題藏畫〉）

對於喜愛的書畫，不但將之隨身攜帶，只要有時間，便隨時拿出來觀賞，並加以題寫，此段文字不經意流露對書畫的癡迷，不獨是陸樹聲個人的單一現象，也是有明一代文人的共相。對當時的人來說，人有癖有癡並不是缺點，反而是真性情的展現，如同張岱所言：「人無癖不可與交，以其無深情也；人無癡不可與交，以其無真氣也」（《陶庵夢憶》卷四）。

明代書畫論述隨著文人書畫的實際創作與演變而發，相關著述發達，除了專門著作外，還有筆記、題跋、叢書集錄等，數量繁多，內容豐富。史傳類的有韓昂《圖繪寶鑑續編》、朱謀垔《畫史會要》；論說類的如董其昌《畫禪室隨筆》、《畫旨》、屠隆《畫箋》、顧凝遠《畫引》；著錄類的，則有郁逢慶《書畫題跋記》、張丑《清河書畫舫》。此外，還有品評類的，如王樨登《吳郡丹青志》、李開先《中麓畫品》。專論書法方面，則有徐渭《筆玄要旨》、項穆《書法雅言》。這些論說，通常由篇幅短小的小品組織而成。對於自然美與藝術美的關係、技與道、虛與實、雅與俗的關係，都有獨特的見解，雖然體系不是那麼周密，但充分展現了明人對於書畫的研究心得。

小品文能夠用來說理，也適合抒情、敘事，彈性極大，明代小品中關於鑑賞書畫的心得、見解，頗能反映藝術的蓬勃發展。對於所愛之物的執著、研究，使明代文人散發出不同於其他朝代的人格魅力，也塑造出一套有別於一般大眾百姓的文人文化、美學體系。

李麗美／臺北市立教育大學中國語文學系博士生

明清旅遊文學

旅遊文學的源頭，可以追溯到《詩經》、《楚辭》中對山水地理景物，或個人暢舒襟懷等方面的描寫。比如：從「關關雎鳩」的比興書寫到《楚辭》〈離騷〉、〈九歌〉中的雲山草木，湖川水澤，旅人浪遊，抒發幽懷，或寄情山水，或藉景移情等的表達方式，於是漸漸地孕育出一種所謂的山水旅遊文學的特有寫作。然而當文學隨思潮的影響而轉變，加上民眾的需要，文學本身的創發與變革，發展到後來，類型自然增多，書寫的範式也隨之改變，產生了多樣多采的風貌。綜觀旅遊詩文的內容樣式，尤其是近代由於社會的開放，交通的便捷，經濟的蓬勃，旅遊便成了大家生活上的主要活動之一，無形中也影響了近代旅遊文學的寫作內容及風格了。

明清旅遊的散文風格

一　前言

旅遊文學在這些年來成為大家關注研探的焦點，作家們大量推出自己的遊記作品，或旅遊心得經驗，而這些成了學校研究生們專題探討主題，其實旅遊（行）文學在中國文學領域中，不論是詩或文都有相當可觀的作品數量，倘若從旅遊文學作品的興起和流行面向來考察的話，或許可從唐代切入來加以思考，唐代是一個經濟發達、文學蓬勃興盛的時代，而遊記文學的寫作更是當時作家們寫作記錄的主要文類之一，例如山水詩、旅遊日記或地理考察等，由於類型多樣，寫作的格式及風格也相當多元，有的是景觀之描繪、或寄情、或借物移情，文字之表達、架構之長短、寓意之深刻，讀後無不教人庸俗皆忘，高雅快意油然而生，然而在這裡我們擬想從散文（小品）舉例，探討有關旅遊文學作品在內容及書寫風格，意象構詞的美感及特色。

二　文風新變與旅人襟懷

明清時期的社會，就一般而言，在當時的文化經濟已發展到了相當普及的地步，民眾的生活富裕的程度也大為提升，於是在思想觀念方面也多向外汲取新知，以滿足個人的渴望，在這樣的氛圍下，整個社會的風潮是躍動活潑的，由於這樣的一個驅動力，自然影響了文學的發展趨向，所以一些文人作家們在寫作內容，表達方式開始突破窠臼，而朝嶄新的方向推進，比如主張心靈的抒寫，或神韻的捕捉，或自然田園的嚮往等，其實這樣的一種寫作風格，不斷地在文壇上孕育開來，造成了一股新穎的文風時潮。

其實談到旅遊散文表現的主要內容，大抵來說，除了記敘旅途中見聞或感觸外，更有的抒寫個人心中的靈性風致。然而若以明清時期的旅遊作品而言，我們會發現明代的社會經濟經過了長期的積累和發展，當到了嘉靖、萬曆時期，可以說已經到達了前所未有的成長。一個社會的自由開放，同樣的也激發了地方經濟的活絡發展，接著也帶動了民眾的文化層次的蓬勃與提升，新的氣象就這樣推開新一波的社會變革，從明初程朱理學的興盛一統到王陽明的心學崛起，接著再進而為泰州學派的發展，在此一過程中，若究其原委，社會一般對於傳統的價值觀念，倫理道德規範已漸失去某種程度的約束力，這也就是說，社會的風氣已開始從一元化轉向多元，重視個人的自由，突破了封建式的思維模式，開始朝新的思路發展，寫作的範疇及風格方面的取捨有了新變，就當時的旅遊作品來看，該風氣帶給了文人自由創作的空間，例如任情放縱，或流連詩酒聲色，或追求寧靜的內心世界，或移情山水間以自樂，盡情享受人生，最明顯的是藉由旅行暢舒感懷，但是旅遊的書寫也有它的規範，正如潘耒在《徐霞客遊記》的序文中就說：「文人達士，多喜言遊。遊，未易言也。無出塵的胸襟，不能賞會山水，無濟勝之支體，不能搜剔幽秘，無閒曠之歲月，不能稱性逍遙，近遊不廣、淺遊不奇、便遊不暢、群遊不久，自非置身物外，棄絕百事，而孤行其意，雖遊猶弗遊也。」從這段文字中，便可瞭解到，作家的旅遊，倘若旅遊者無出塵的胸襟，那是無法賞會山水的，除外還要有閒曠的歲月，這樣才能稱情逍遙，融入自然，體察萬物的冥化，如果未能達到心靈的契合，那麼旅遊還是隔一層的。

三　明清旅遊散文的特色及風格

在這裡我們試著來探討，有關明清時期的一些作家的文學作品，主要焦點在旅遊散文（小品）的內容特色及書寫風格，綜合窺察作者們在城市化、市民化、經濟發展、物質寬裕後的心靈動向及作品的表達技巧。

首先在晚明的旅遊作品中，由於受到時風的浸染，大部分都蘊含著濃厚的時代色彩，其中最重要的是社會局勢不寧，思潮起伏，故影響了作者眼光的轉向，崇尚心靈的表白，自言自語，虛無縹緲的偏向文風，然當轉入清代，便遭到普遍的批判，甚至還將明亡歸咎於以上原因。清代文人開始起來轉變前朝的文風，以哲理思辨的眼光來審視文學風潮，這樣才漸漸開出寬廣的格局，在此我們或許可以瞭解到，清代作家們在書寫旅遊作品時，頗能體認到國破家亡中的自身反思，且統治者也能積極地拓展新局，從虛無走向現實，一些文人在創作的風格上也有了改變就旅遊散文而言，綜觀當時的旅遊作品，就書寫模式來說依據學者研究指出可歸納為，第一種模式是把考證部分不著痕跡地融入到敘事、寫景或抒情之中，第二種是直接把考證化為敘述本身，而第三種是在歷史考證中，通過象徵或隱喻地溝通古今，於是那些陳舊古老的史實便瞬間浸化其中（參閱王立群著，《山水遊記研究》，北京市：中國社會科學出版社，2008 年 5 月）。我覺得王立群的論析意見很好，於是便引列於上供大家參考。

四　旅遊散文舉例

（一）明代

旅遊小品在明代可說是「才人遊記」的代表，當時的名家輩出，大家熟知的如袁氏三兄弟、鍾惺、劉基、譚元春、楊慎、張岱等都是傑出的小品大家。在作品內容方面雖多偏於品評山水，抒發情緒，但意象鮮活，鑄詞精煉，以下就列舉數則做為參考。

如：劉基在〈松風閣記〉中描寫松，並用大量比喻，借景暢舒心情，引人入勝：

蓋松之為物，幹挺而枝樛，葉細而條長，離奇而蘢蓯，瀟灑而扶疏，鬖髿而玲瓏。故風之過之，不壅不激，疏通暢達，有自然之音，故聽之可以解煩黷，滌昏穢，曠神怡情，恬淡寂寥，逍遙太空，與造化遊，宜乎適意山林之士，樂之而不能違也。

其次如：袁中道〈西山小記〉在文中描繪玉泉山沿途風光時記云：

功德寺循河而行，至玉泉山麓，臨水有亭，山根中時出清泉，激噴巉石中，悄然如語。至裂帛泉，水仰射，沸冰結雪，匯於池中。見石子鱗鱗，朱碧磊珂，如金沙布地，七寶妝施，蕩漾不停，閃爍晃耀。注於河，河水深碧泓渟，澄激迅疾，潛鱗瞭然，荇髮可數。兩岸垂柳，帶拂清波，石梁如雪，雁齒相次。間以獨木為橋，跨之濯足，沁涼入骨。折而南，為華嚴寺，有洞可容千人，有石床可坐。

又如：楊慎在擺脫宦場的羈牽，能夠悠閒暢游，在其所寫的〈遊點蒼山記〉中就這樣描述：

自余為僇人，所歷道途，萬有餘里，齊、魯、楚、越之間，號稱名山水者，無不遊。已乃泛洞庭，逾衡、廬，出夜郎，道碧鷄而西也。其餘山水，蓋飫聞而厭見矣。及至楪榆之境，一望點蒼，不覺神爽飛越。比入龍尾關。且行且玩，山則蒼龍叠翠，海則半月拖藍，城郭奠山海之間，樓閣出烟雲之上，香風滿道，芳氣襲人。余時如醉而醒，如夢而覺，如久臥而起作，然後知吾曩者之未嘗見山水，而見自今始。

再如：張岱在追憶明代杭州人七月半遊西湖的情形，他在〈西湖七月半〉中記云：

杭人遊湖，巳出酉歸，避月如仇。是夕好名，逐隊爭出，多犒門軍酒錢。轎夫擎燎，列俟岸上。一入舟，速舟子急放斷橋，趕入勝會。以故二鼓以前，人聲鼓吹，如沸如撼，如魘如囈，如聾如啞。大船小船一齊湊岸，一無所見，止見篙擊篙，舟觸舟，肩摩肩，面看面而已。少刻興盡，官府席散，皂隸喝道去。轎夫叫船上人，怖以關門，燈籠火把如列星，一一簇擁而去，岸上人亦逐隊趕門，漸稀漸薄，頃刻散盡矣。

（二）清代

至於清代在旅遊文學具代表性的名家，如：方苞、姚鼐、王夫之、惲敬等。姚鼐雖屬桐城派的巨擘，他常把遊山的樂趣引向哲理的探索，體現著「天下物皆可以理照」的理學原則，在〈遊媚筆泉記〉中他就有這樣的描繪：

以歲三月上旬，步循溪西入，積雨始霽，溪上大聲漎然，十餘里旁多奇石、蕙草、松、樅、槐、楓、栗、橡，時有鳴禽，溪有深潭，大石出潭中，若馬浴起，振鬣宛首而顧其侶。援石而登，俯視溶雲，鳥飛若墜。

其次如清代古文大家方苞，他是桐城派的創始人，所寫的旅遊作品多屬遊後雜感，在文字方面簡樸老練，偏於說理比喻，他在〈遊雁蕩記〉中就表現了這樣的特色，如：

又凡山川之明媚者，能使遊者欣然而樂，而茲山岩深壁削，仰而觀、俯而視者，嚴恭靜正之心不覺其自動。蓋至此，則萬感絕，百慮冥，而吾之本心乃與天地之精神一相接焉。

又，王夫之，他雖鑽研哲學，然在文學上有很大的貢獻，他的〈小雲山記〉是一篇具有特色的旅遊文字：

天宇澄清，平烟冪野，飛禽重影，虹雨明滅，皆迎目授朗於曼衍之中。其北則南嶽之西峰，其簇如群萼初舒，寒則蒼，春則碧，以周乎曼衍而左函之，小雲之觀止矣。春之雲，有半起而為輪囷，有叢岫如雪而獻其孤黛。夏之雨，有亘白，有漩澓，有孤褳，有隙日旁射，耀其晶瑩。秋之月，有澄淡而不知微遠之所終。冬之雪，有上如暝，下如月萬頃，有夕鐙爍素，懸於泱莽。山之觀，奚止也？

再而如憚敬，他是清代遊記寫作的高手，常能在行文中概括介紹了景物的全貌，具體地托出特徵，不論雲海幻景均能收入筆底，如〈遊廬山記〉中就可看到其文筆洗鍊生動的地方。

乙酉曉，望瀑布倍未雨時。出山五里所，至神林浦，望瀑布益明。山沈沈蒼㶑一色，岩谷如削平。頃之，香爐峰下，白雲一縷起，遂團團相銜出；複頃之，遍山皆團團然；複頃之，則相與為一。山之腰皆弇之，其上下仍蒼㶑一色，生平所未睹也。夫雲者，水之徵，山之靈所泄也。敬故于是遊所歷，皆類記之。而於雲獨記其詭變足以娛性逸情如是，以詒後之好事者焉。

五　結語

明清旅遊散文的寫作特色及風格，我們可從以上所列舉的名家作品中窺察出來，在明代方面，他們的作品書寫風格，大致來說都在顯示景物描繪的細膩雅致，多在發抒個人心中的靈思感想，這樣的文風形成，不難發現是由於當時思潮風氣的影響使然。再而我們也看到作品中多以個人內心的冥會去求取自然世界的天理真知，重靜思而輕實證，由於這個因素，文人作家所追求的多偏於個人的生活情趣方面。然而到了清代，便起了不少變化，其特徵偏向樸學研究，不再描摹閒情逸趣，感悟人生世故為尚了，於是一種所謂「學人遊記」的小品散文便隨之而興，例如姚鼐、方苞、王夫之、惲敬、或洪亮吉等，便是這一文類寫作的佼佼者，他們的旅遊作品中多重神韻、肌理、性靈之捕捉，而直抒性情，鑄詞新巧，則是他們的文章風格，這些新穎的寫作技巧，其實開啟了以後白話文創作的新走向和途徑。

余崇生／臺北市立教育大學中國語文學系副教授

無情山水有情遊

——曹學佺的官宦與行旅

對現代人來說，長途旅遊可以剋期而至，是樁簡單的事。可是在古代，人們出趟遠門，就得大事張羅。由於路途遙遠，受限於地形高低起伏，道路崎嶇，缺乏糧食的補給，在安全方面又有許多疑慮。除非經商、作官，或者是入京考試，一般人不會作長途旅行。而政府為了鞏固政權、管理人民，必須設置驛站、巡視路況、屯兵駐紮、派駐官員，成了例行工作。

西元六〇五年，隋煬帝開發運河，大大改善了陸路交通的不便。先是鳩工挖掘通濟渠，疏通古邗溝，連接黃河、淮河、長江各個水系。稍後，又開挖永濟渠，到達北京附近的琢郡；再向南挖掘，直抵杭州。費時六年，之字形的隋唐大運河，全長二千七百公里;使得沿線的杭州、揚州、西安、洛陽、開封、北京,都富庶起來。這條運河歷經唐、五代、宋三朝,到了南宋末年,因為政治版幅移動,部分的河道荒廢淤塞。而元朝建都北京之後,將大運河改為南北貫通,不再經過洛陽、西安,縮短了九百多公里,是為京杭大運河。明、清仍延舊制,由杭州到鎮江,是為南段的運河,暢行無阻;渡過長江,由於北運河淤塞,改行陸路。這樣的水陸聯營的方式,維繫了七百年來的南北交通。絕大部分的驛站仍然沿著水道修建,陸路、水路有時候也可以相互支援,構成了有效的交通旅行網。

派駐外地的府、縣官員,任期三年必須返回北京述職,是為「入計」。三年一次赴京考試的舉人,考中進士的人數比例,也可以算在府、縣官的治理業績上,官員們當然樂意讓這些舉子搭上官方的船舶;此所以考生赴京考試,稱作「上公車」。設在沿岸的驛站,提供了船隻停泊,或者改換馬匹陸行,或是夜間住宿、三餐飲食,同時也兼有傳遞朝廷邸報,以及報導路況的功能。

如果是福建、廣東的官員、商人或學生,要走趟北京的旅程,需要翻山越嶺,還得避免盜賊或老虎的侵犯,比其他地方困難許多。

以萬曆年間福建的進士曹學佺為例，他在北京、南京兩地擔任過六部郎屬，也曾外放四川、廣西兩地任官；藉著曹學佺的個人經歷，來理解一般文人或官員在行旅中的活動，會得到一個清晰的輪廓。

一　早期的行旅

曹學佺（1574-1646），字能始，號石倉，福建福州府侯官縣洪塘鄉人。在明代兩百多年的歷史中，洪塘出現了「一狀元、三尚書、五十七舉人進士」，因此得到「科科不斷洪」之美譽。其中的一位尚書，指的就是曹學佺。

萬曆十九年（1591），曹學佺在縣城通過童生考試；同年八月，又在福州省試中舉。連中兩元，馬上翻越武夷山，赴北京準備三月的進士會考。從福州省城出發，沿閩江溯江西北西行，至延平府南平縣北行。翻越武夷山，改為陸行，進入江西鉛山、上饒，過浙江衢州，抵杭州。走南運河抵南京。渡江後，再經淮安、徐州、德州、涿州，陸行抵達北京。全程將近五千四百五十五里，花費四個多月時間。到了北京，他以同省之誼，借住光祿公龔氏官邸，考試雖然失利，卻獲得賞識，收為東床快婿。光祿公係蔭官，他的父親龔用卿中嘉靖五年（1526）狀元，在地方有很好的名望。

返鄉後，曹學佺南下泉州府晉江縣迎娶光祿公之女。萬曆二十二年（1594）冬天再次上京，這次重新經過幽、燕、齊、魯各地，流覽名山巨川，目睹帝京景象，開闊了視野，同時也結交許多文壇名士。

次年春天一舉及第，授命為戶部主事，也請准了返鄉探親的假期。此時老縣長周兆聖因病去世，為了感念提拔之情，他前往江西金溪弔唁。途經福建建州、永安、武夷等地，也順道遊歷了江西鉛山紫陽書院和觀音洞等地。

在北京戶部任官期間，曹學佺與友人遊歷了近畿各地，房山、通州、薊門，都有詩作。萬曆廿六年（1598），改任南京大理寺左寺正，由於業務清閒，常與同僚、朋友，遊古宮樓臺，訪佛寺道禪，攀山登岳，泊秦淮水閣，留下許多唱和的詩篇。

萬曆二十九年（1601）秋，曹學佺同友人赴浙江歸安弔祭茅坤，順道去蘇州拜訪僑居該地的徐興公，偕遊太湖、杭州、常山等地，也到了越中紹興、剡溪、新昌，登天姥山等諸多名勝，撰有《遊太湖詩》、《錢塘看春詩》。卅一年，返鄉省親時，參加由趙世顯主持，邀請屠隆為貴賓的凌霄臺大社，又與朋友共組芝社、霞中社。卅三年，再遊浙江，因妻子龔氏之喪返回福州。

卅四年（1606），曹學佺升任南京戶部郎中。他主盟詩社，帶來明代開國以來南京詩壇活動的最高潮。

萬曆三十七年（1609）調任四川右參政。途經河南、陝西抵四川成都，全程四千三百一十里。隔年夏天，又離開蜀地，再次往返北京賀歲。長途跋涉，於公於私，時間上非常不經濟。萬曆三十九年（1611）升任四川按察使。在日常政務之外，他考察蜀地風俗民情，寫成《蜀中廣記》一〇八卷，內容分名勝、邊防、通釋、人物、方物、仙、釋、遊宦、風俗、著作、詩話、畫苑等十二門。無論天文輿地、山川水文、歷史人文、物產，包羅萬象。也和友人暢遊江西、安徽、湖北等地，詩作成集。

四十一年（1613）曹學佺「察典」獲罪，削官三級，返閩。途經江西廬山，曾想留居此處。丁憂之故，返鄉擴建石倉園，提供名儒雅士聚會所在，也成為他著述、藏書之處。

二　湘西之行

鄉居十年，天啟三年（1623），曹學佺五十歲，起用為廣西右參議。他帶著妻小從福州取道江西、廣東，再到廣西。這次行旅，他的情緒高昂。他逐日記事：同行友人、行程里數、交通工具、天候晴雨、公務視察、住宿地點、朋友相聚、山川名勝、考述古蹟，也寫詩抒懷，還著手整理《閩中通志》。

細讀他的日記。四月十二日從離家五里的芋源登舟；同行的友人徐𤊹（興公）、鄭紋（孟麟）、吳拭（去塵）、喻（子奮）、陳（有美）已在碼頭等了一天。祭江儀式結束，即循閩江上溯。友人各自有小船相隨。因為逆行，又逢梅雨，雨大水漲，沿著驛站路線而行，每日行五十到七十里，在白沙、水口、黃田等驛過夜。沿途視察道路橋樑，捐款修繕。又與老友陳衍、臧幼惺相聚暢談、宴飲，相偕夜遊小武當。在困關盤旋了兩日，十九日才離開福州，進入延平府。

沿著富屯溪繼續上溯，經茶洋驛、王臺驛、延津、順昌、富屯，以及邵武府的拿口驛、樵川驛。此段行程梅雨依然，又有縣長同僚邀飲索詩，門生、朋友歡聚酬唱，走訪名勝，題詩紀事，好不熱鬧。在邵武與徐興公相別。行經杭川驛，翻越贛、閩的通道杉關驛，與學生洪汝如相別，時五月初一。

進入江西省境，仍走水路，經新城縣，三日至建昌府。家眷選擇走陸路，自己一人隨船而行。府縣官員以及各方僚友前來問訊、索詩。益王朱謀瑋賜宴，同行的朋友也赴邀。福建莆田人游子騰為益王僚屬，相見如故。

在老友鄧渼家中盤旋一週，又同游子騰、陳拭、鄭紱遊麻姑山，觀賞瀑布。五月十日才帶著妻小上船，離開建昌。行一百里至梁安峽，因雨沒有上岸。章山寺僧前來乞討疏文，在舟中秉燭草成。友人李玄同追上客船。

十一日午後，至撫州孔家渡驛，官方拜見後，同鄉臨川縣尹曾化龍為他奔走，換了官舫。十二日發舟，兩天行一百八十里，經界港、三江口。雨歇，逆風上溯，舟中悶熱，整理幾天來的詩作。界港是饒氏家族聚居之所。當天月色甚好，與吳拭、鄭紱、李玄同、喻子奮散步江邊，並參觀饒氏居所。十四日抵南昌府，獨宿南浦驛。藩臬、府縣官員前來拜訪。喻宣仲、季布兄弟和益王朱謀瑋分別攜酒食到官舫，又移宴熊石門方伯家中，見到座主張位的兒子大朴。同年劉一璟抱病，他的兒子斯韋代為相見。

十八日因積雨，驛路淹崩，仍從水路。順贛江而下，經市汊驛，抵豐城劍江驛，遇颶風暫泊。隔日午後風稍息，發舟，別喻宣仲。二十二日抵臨江府，登岸，離府城仍十五里。府縣官員拜見。二十三日，天氣褸熱，中午抵新淦縣金川公館，沐浴。次日夏至，過峽江縣，再過吉水縣，廿六日抵吉安騾川驛。一路寫詩抒懷，接見地方官員，其中有三十年未見面的同年湖西道張雨若，作〈短劍行〉為贈。

二十七日改行陸路，過泰和、萬安縣，兩天共走二百里。因半夜雷雨，二更方歇，故陌不揚塵，陂澤皆滿，經新樂舖見荷花池，憶起淼軒前荷花，作詩紀之。由萬安到攸鎮，皆山路，疲於登頓，復苦炎熱，作詩紀之。夜有虎蹤。又行二百四十里，二日後抵贛州府公署。巡守、郡縣拜見。中丞唐美承因病，留信相聞。彭興祖、喻應益、黃九洛、吳汝鳴攜酒食來公署，欣喜作絕句三首，又寫了四首律詩給兒子孟嘉。

六月初一拜見唐美承。初二早上撰寫家書遣僕送返家鄉。初三，吳汝鳴攜酒菜來署中餞別。傍晚離開贛州府，連趕二百一十里路程，隔日抵南安府。小溪驛為王守仁正德年間所建，有守仁詩匾，壁間和詩者眾，學佺亦賡和。天氣炎熱，周歲幼兒不肯入車中。自新田到橫浦，更熱。初五，發大庾縣，過梅關，進入廣東南雄府界。江西境內路程兩千多里，整整經過一個月又五天。

在廣東南雄府逗留兩日，閱讀《郡志》，增補了幾則粵東名勝記。初七繼續行程，經黃塘驛、平圃驛，八日傍晚抵韶州府曲江縣的芙蓉驛。這段路程二百六十里，學佺詳細考察各個驛站設立因由。初九，告別郡守，前往大鑒寺禮敬六祖法師，紀錄道場與六祖傳後的衣缽、藤鞋、碓米石。午間，與同行諸友榕樹下笑談，分食荔枝。發舟，初十中午過濛浬驛，至彈子磯，巖壁峭立，雲根插入水底，潭深作紺碧色，有鳥道，有蝙蝠飛出。黃昏抵達清溪驛，同鄉驛宰朱某請吃當地珍產綠扶包荔枝，詢問林文昭所創三灣亭而不得。當天，江上有些許飛雨，山前湧起白雲，景色怡人。進入廣東境內至韶州府已有十天，酷熱方解。

十一日中午抵英德縣，縣尹江中龍接見，同遊名賢公祠，瞻仰宋神宗宰相唐介（1010-1069）、明初五朝元老黃福（1363-1440）牌位，尚有張九齡（678-740）、韓愈（768-824）、蘇軾（1037-1101）、鄭俠（1040-1119）、米芾（1050-1107）在列。城南有唐代大通年間所建南山寺，觀蘇軾題刻。

十二日晨，渡湞陽峽，崖壁相拒，為峽中最險處，仍見昔日鑿石架格之跡。

出峽，遇湞水、洸水相激之處，又有石磯，舟行甚忌。江邊有峽山廟，神像新設，已非古蹟。舟中無事，乃補題詩作。是夜大雨，未至清遠峽而停泊，不見鄭紱舟影。十三日入峽，登峽山寺，邑諸生朱學熙前來接待，追訪蘇軾、趙孟頫舊跡。午後抵清遠縣，傍晚過胥江驛，次日天明已到西南驛。溪水暴漲，船行快速。

由三水縣轉入西江，溯江而上八十里。十五日渡羚羊峽，四十里後至肇慶府，太守、別駕來迎。次日，見過制臺胡公，即與鄭紱遊七星巖。又次日，制臺胡公於西廳宴請。十八日，辭行，大雨如注，江水漲發。過小、大湘峽，廿日抵德慶州。州守黃翼登，福建南安人，以同鄉之誼熱情款待。廿二日抵封川縣，再行六十里至廣西梧州府，府縣謁見。廿四日自端溪舟行，溯灘江，行一百里至龍江驛，再過龍門驛、昭平驛。有從船擱淺。廿八日改登岸陸行，路況艱難。

七月初一抵平樂府，監司為同年胡瞻明，相見甚喜，又與參戎王天虞招飲。平樂知縣鄭奎，曾參加西湖社集，因出昭平途中紀行雜興十數首絕句，央請刻版梓行。初二抵陽朔縣，次日宿羊角堡，又次日午時抵八桂公館。初五謁城隍神，入布政司。這趟旅程蜿蜒難行，跨越閩、贛、粵、桂四省。尤其是從廣東西江西行轉廣西灘江的行程，沒有看見過其他的記載。全程共計四千四百多里，前後花費了七十四天。

三　赴任湘西間的旅途活動

曹學佺以公務赴任，沿途謁見地方行政長官，是必要的禮節，但因為官場階級森嚴，素昧平生，不易親近。除非是科舉同榜、任官僚屬、朋友援引，或者是相同的文學愛好者，才能夠歡聚於送來迎往的儀式之外。絕大部分的地方基層官吏，則熱情有嘉；要是再遇上了福建鄉人，那就親上加親了。曹學佺途中換了官舫，接受禮遇，代表著回復官員身分，也得有人為他奔走。

跟隨前往的友人，吳拭係書畫家，鄭紱是摯友謝肇淛的妹夫，徐興公是出版文化人，陳衎也是詩社社友，各人都有私人行裝，必須自備船隻等交通工具，也要儲備糧食，自僱傭人。途中共同登涉名山、遊覽古蹟，偶爾也隨同主客參加筵席。

曹學佺酬酢的詩文，利用行船時間在船上書寫、整理、定稿，其餘時間撰寫預定的《閩中通志》，共一萬七千餘字，分〈軍政〉、〈兵戎〉、〈鹽政〉、〈郵政〉、〈賦役〉、〈海防〉、〈倭患始末〉，另有〈紅夷紀略〉、〈山寇始末〉。

收為《湘西紀行》的附錄。從體例上來看，談不上「通志」，而是「紀事本末」。曹學佺抄錄兼校訂這些題材，顯然要攜帶大量的書籍資料才行。考古問俗，曹學佺特別有興趣，譬如到了廣東南雄，要求官員提供《郡志》閱讀，馬上做筆記，補進自己書寫的《粵東名勝紀》。至於其他經過的地方，文物、祠堂、廟宇、古蹟，都不曾放過考察的機會。

對於家中人員，僅提及途中寫信和四首詩給長子孟嘉，以及同行的週歲孩子怕熱，不肯呆在船篷裡面，其餘則隻字未提。在晚明文化中，關注家庭親情與個人愛情的氣氛越來越濃烈的時刻，曹學佺「因公忘私」、「不談兒女私情」的習性仍然未改。

四 晚年際遇

曹學佺在桂林次年，鄉友陳鴻、表弟長生、長子孟嘉前來，稍解思鄉之情。三年後，改陝西副布政使，卻留中不發，甚至被「地方大吏」拘留七十多天。原來是萬曆四十三年宮中發生「梃擊案」，曹學佺撰寫《野史紀略》，直書其事。

魏忠賢黨羽劉廷元掇拾舊事，因此削職為民，焚燬書版。賴孟嘉奔走，僥倖返鄉。

天啟八年孟嘉中舉人，而長孫九歲，堪能快慰。豈料次年孟嘉上京赴考，歸來卻一病不起。崇禎三年次兒孟表結婚後，移居西峰里，從此以著述、出版為務。

崇禎十七年，李自成壞北京，思宗自縊煤山，清兵入關。唐王朱聿鍵立於閩中，授曹學佺太常卿，遷禮部右侍郎兼侍講學士，進尚書，加太子太保。曹學佺已經七十二歲，強起負任，不離開故鄉，就成了國之重臣。一年後，福州城破，自縊西峰中堂。「生前一管筆，身後一條繩」，是他留下來最後的喟嘆。

五　無情山水有情遊

福建地處偏遠，物產未豐，而地方文人卻能翻越武夷，前往北京，以博取功名。在明代二百七十六年的科舉榜單中，排在南直隸、浙江兩地之下，列為第三。而閩商更以書籍出版、製作茶葉而行銷國中，也在北京、南京、蘇、杭、嘉興等地都建立了重要的行銷據點，甚至於長期僑居該地。

曹學佺平實的個性，在讀書、寫作與經營實務上，均有獨到之處。天啟三年，七十四天的湘西之行，留下了水文、地理、文化風情，也可以作為明代旅遊與驛站交通最好的佐證材料，也能從中體會他壯年以後對日常事物的關注。

黃汝亨作詩美曹學佺：「彼美南方人，飄飄凌雲端。密坐有餘盻，縞帶結所歡。玄心映冰玉，清姿出衣冠。塵軌紛錯軫，高步疏遐觀。文言賁千載，智效匪一官。美服集多指，將無懼金丸。淵停有安流，洪濤任漫漫。」葛一龍也盛讚：「仙隱以南署，憲出亦西清。性靈發正始，山水膠平生。」這是最洽當的稱賞。他博聞廣見，著述豐富，提出儒、釋、道三藏鼎立的言論，對儒家文化的恢弘，厥盡其功；投身於振興閩中詩學，光揚閩中文化，亦首屈一指；然而他眷戀山水，關懷友人，灑脫的行為與坦率的性情，值得我們讚嘆再三。江山多易代，人事不可量；所謂山水無情，而人情可詠，曹學佺做了很好的榜樣！

許建崑／東海大學中國文學系副教授

旅遊文學與文化

一 前言

旅遊結合文學後，帶給旅遊者、計畫旅遊者或無法出遊者「行萬里路」的見解和知識。旅遊文學所涵括的知識是多方面的——政治、經濟、宗教、文化、自然、地理、歷史、藝術等，像是一本具有綜合知識的百科全書，不過這卻不是一本工具書，而是一本有趣的，能帶給人們見多識廣的精神享受的好書。

二 蕭統《昭明文選》

旅遊一旦結合了歷史和人文，就會更有其附加價值。大文豪茅盾的故鄉——烏鎮，是浙江的一個水鄉古鎮，據考證約在六千年前，烏鎮那一帶就有人開始生活了。

烏鎮不同於周庄，若說周庄是成熟的少婦，烏鎮則是清純的少女。烏鎮，不僅有其古樸之美，還有她到處都在訴說著故事。「昭明書院」，就是與南朝梁昭明太子蕭統有關的。據說昭明太子出生時，右手緊捏拳頭，無法伸直，梁武帝十分擔憂，便公開張榜招名醫診治，只要有人能掰開太子的手，就讓太子拜他為師。沈約見了榜文，就揭榜而試，當他捧起太子的右手輕輕一掰，手指就伸直了。梁武帝便賜封沈約為太子的老師，教太子讀書。沈約是烏鎮人，每年清明節都要回鄉掃墓，並要守墓幾個月，梁武帝怕太子荒廢學業，就命沈約帶太子一起回鄉，於是，就在烏鎮建造了一座書屋。太子來到烏鎮後，因為此地鳥語花香，景色宜人，終日嬉戲玩樂，荒廢學業。沈約是個治學嚴謹的好老師，見到不用功的太子，便機會教育對他說了一件事。有一年，沈約回烏鎮過年，轎子經過一座廟，廟前有一群圍觀的百姓擋住了路，一問之下，才知道原來是廟裡凍死了一個十多歲的小乞丐。這個小乞丐父母雙亡，無依無靠，白天沿街行乞，晚上就投宿在廟裡。他希望能出人頭地，所以行乞來的錢，除了買東西填飽肚子，就是拿去買書。沈約進到廟裡，見到那個身體已經凍僵的小乞丐，左手還拿著一本書啊！沈約有意藉著這個有志於學的故事，警惕太子，果然太子自此刻苦讀書，後來，成了有名的文學家，他所主編整理的《昭明文選》是我國第一本詩歌散文總集。

現在西柵景區內就有「昭明書屋」來紀念太子曾在此的發奮讀書。之後，沈約把主墳遷到京城，就把他在烏鎮的府第捐為白蓮寺，現在白蓮寺門前有一個題為「六朝遺勝」石坊，還有沈士茂的題書「梁昭明太子同沈尚書讀書」，至今皆保存完好，當地人都會常常帶小孩來此拜謁，希望小孩能立志用功，成為有用之人。

三　周達觀《真臘風土記》

元代的周達觀在一二九六年從中國出發，在當時的國都吳哥停留了約一年，回國後周達觀把在真臘的所見所聞，包括當地的風土、文物、氣候、地理等，寫成了《真臘風土記》，紀錄了當年吳哥王朝極盛的繁榮景況。

十三世紀，暹邏人也就是現在的泰國人大肆侵略首都吳哥，國勢漸趨衰弱，吳哥也被迫放棄。遷都到金邊後，吳哥也漸漸淪為廢墟，最後更被深遂而麻密的熱帶叢林給淹沒。

到了十九世紀，柬埔寨成為法國殖民地，法國人把《真臘風土記》翻譯成法文，更引起人們對吳哥城的興趣。一八六〇年，法國探險家亨利・穆奧(Henri Mouhot)依循著周達觀書中的記載，在當地導遊的帶領下，手持砍刀，披荊斬棘，終於在森林裡發現了吳哥廢墟，後來更由考古學家進行發掘和考察的工作，一九九二年「聯合國教科文組織」將吳哥群廟列為「世界文化遺產」，為全球七大建築奇景之一，進而掀起來自世界各地的觀光客到此朝聖，見證人類建築史與宗教史上的奇蹟，得以讓人見識其文化。

由此看來，堪稱當今世上規模最宏偉的寺廟群的「吳哥遺址」在失落長達數百年後，能夠再度重現人間，周達觀功不可沒，他的《真臘風土記》算是唯一一本對強盛時代吳哥王朝忠實記錄的史料，所以，我們可以驕傲地說：如果沒有周達觀當時的文字記載，全球的旅人有可能到目前為止都還見識不到吳哥王朝留給後世的龐大文明遺產。

四　朱自清〈滂卑故城〉

〈滂卑故城〉原載於一九三二年十月一日《中學生》第二十八號，後收錄於《歐遊雜記》，一九三四年九月由開明書店出版，共收錄遊記十一篇，從本書的寫作時間來看，距今已超過七十八年的歷史，但是書中所介紹的歐洲的這些城市或國家，至今仍完好保存了其豐富的古蹟、建築和歷史文化，就像本文所介紹的被傳頌千古的龐貝古城，在朱自清筆下第一段提到；維蘇威火山在半夜噴發巨大的落石與鋪天蓋地的火山灰，將一座繁華的龐貝城活活地被掩蓋在六米多深的火山灰下，這一埋就是將近一八〇〇年。文中說：「一直到一七四八年大劇場與幾座房子出土，才有了頭緒；系統的發掘卻遲到了一八六〇年」。當時朱自清見到的龐貝古城大半都被挖掘出來了，但工作還在繼續著。其實還有更詳細的資料說，一五九九年一個建築師在挖河的時候發現了龐貝的遺蹟，也有說在十八世紀初，義大利農民在火山西南八公里處修築水渠時，從地下挖出經過雕琢的大理石碎塊，還有古羅馬的錢幣。一七四八年，又有人在附近挖出一塊上面刻有「龐貝」字樣的石塊。終於揭開龐貝古城的面紗！

一九九七年，聯合國文教基金會將龐貝城考古區列為世界文化遺產，目前已經幾乎完全挖掘出土，二〇〇二年，龐貝的港口也被發現了，學者發現當時的人也住在像威尼斯的運河上，研究工作如火如荼正進行著，新的結果也在不斷被發現中。目前，龐貝古城每年大約吸引兩百五十萬人次前往拜訪。

文中提到龐貝的文化水準很高，因為羅馬人打勝仗，從希臘引進大量的風雅文化，這裡必須要先介紹關於龐貝古城的歷史。西元前八世紀龐貝古城就已經是個小具規模的村落，後來歷經多次擴建，直到西元前八十七年當時強盛的羅馬帝國將其納入版圖，其城市規模擴大到兩萬人左右，稱得上是古羅馬帝國最繁榮的城市，而也因為其城市繁盛的風貌，吸引許多貴族和商賈到此定居，雖然在西元六十二年發生了一場大地震，龐貝的建築被震毀了一部分，但很快就修復重建，甚至城市的生命力比以前更旺盛；然而，那次的大地震，其實正是維蘇威火山爆發的徵兆，果然在西元七九年八月二十四日維蘇威火山火山爆發了。

所謂「酒色財氣」，就墮落的層面來看，財富大約和酒與色脫不了關係，作者在文章中極力描寫了在商業化底下的龐貝人民的富裕奢靡的生活，的確，從現在的遺跡看來，一座豪宅，才進入大廳，就見到兩側畫著「大陽具」的壁畫，羅馬人似乎有著「陽具崇拜」，能力愈大、身分愈高，陽具就畫得愈大；龐貝人龐貝城的放縱，現今還可以從滿街上的妓院清楚見得，每一家妓院的門口畫了一幅幅各種姿勢的春宮壁畫，明白告知有錢人這裡美女如雲，提供各種服務。甚至連地上圖書館的指標，其實只是個虛假的障眼，最後都是指引有錢人到妓院的。

今日的龐貝古城為我們提供了寶貴的文化、歷史和考古資料。藉由對龐貝的挖掘我們見識到一世紀羅馬人的生活——在一個有錢商人的房子的地上寫著「錢，歡迎你。」（Salve, lucru）這句話反映了當時商人的價值觀與思想；在考古出土的一只銀製杯上刻著：「盡情享受生活吧！明天是捉摸不定的。」的確，從現今遺址可以想見當時龐貝市民極其奢華淫亂的富裕生活。

從挖掘出來的龐貝城還可以見到神殿、廣場、劇場、音樂廳等建築，還有鱗次櫛比的店鋪，而長方形廣場的四周，是政治、經濟和宗教的中心。還可以見到貧富差距的住屋水平，有錢的商人和貴族的房子有寬闊的中庭，牆上有壁畫，後花園有花臺、藤架、水池和迴廊，門口地板上還有犬隻的馬賽克鑲嵌畫，表示「內有惡犬」。

文中還提到龐貝中上人家大概都有噴泉，魚池與花園，還有壁畫。從現今龐貝的遺跡，不管是飲水、噴泉或澡堂，還可見到羅馬人非常完善的引水設施，足見其智慧。另外，他們的繪畫水準，也是令人驚艷的，目前見到最美的壁畫是〈採花少女圖〉和〈麵包師傅夫婦〉，龐貝畫師以一個見不到正面的身著黃白長裙的採花少女，在淡綠色的背景下，手採一株白色的花，雖只見到背面，卻可想見其非凡的美麗；而麵包師傅夫婦則像是在拍半身人像合照，畫師以寫實的手法，栩栩如生地刻畫其神情，特別是在夫婦倆人堅定的眼神中，可見其胼手胝足的夫妻奮鬥情誼與目標。

目前，在藝術史上有所謂「龐貝紅」的專有名詞，因為在不少龐貝民宅的牆壁上，見到一種紅中帶暗的深沉穩重的華麗顏色，是現代人怎麼也無法複製出來的。

文中還提到龐貝人在硬體設備上的生活享受的高檔，等同於今日的三溫暖、國家劇院和購物娛樂綜合商場。龐貝城設計細緻的公共浴場，設備齊全，更衣室、按摩室和美容室，浸浴的浴池也分為冷水、暖水和熱水三種；城內的競技場是現存的羅馬競技場中最古老的一座，當時所有的龐貝居民和奴隸合起來的人口數據統計是兩萬人，而這個競技場卻可以容納一萬兩千名的觀眾，可見一般居民的消費享受力。

作者在末段從店鋪、街道和建築肯定古羅馬人的智慧。

作家以其真實的觀察與探訪，真摯而深刻，詳盡而細膩地將古城的歷史、地域文化和風土人情提供給讀者，不僅為旅遊也為歷史提供了寶貴的資料。

五 徐志摩〈我所知道的康橋〉

提到劍橋，第一個讓人聯想到的就是徐志摩，一九二〇年十月到一九二二年八月，徐志摩為了追隨羅素而來到劍橋，這段時期是徐志摩人生的轉折點，徐志摩說：「我的眼是康橋教我睜的，我的求知欲是康橋給我撥動的，我的自我意識是康橋給我胚胎的。」這個啟迪他的精神故鄉不管是學習的風氣、人文、建築，甚至是康河的微風、綠波，都足以激起徐志摩的性靈與詩情。

徐志摩的這篇〈我所知道的康橋〉寫於一九二六年初，節選自徐志摩《巴黎的鱗爪》散文集。這篇以描寫「景物」為主的旅遊記敘文，採用自傳式的手法，像是親切地與讀者交流對談，以熱情活潑的筆調，描寫英國康橋的林野、炊煙、朝陽、晚霞和建築，文中有著素描的清淡之美，也有油畫的濃豔，或意境悠遠的國畫；還有「詩歌的韻律與節奏」——語言、用字與修辭的鋪陳，具有視覺、聽覺和觸覺豐富多樣的詩意描寫。

英國的劍橋大學因為徐志摩的這篇文章帶動了旅遊的熱潮，尤其是文章中介紹了劍橋大學著名的學院——彭布羅克學院、聖凱瑟琳學院、國王學院、克雷爾學院、三一學院以及聖約翰學院，讓讀者藉由此文而了解劍橋的文化。

彼得學院和三一學院培養了許多學者名人，其間的奇聞趣事也很多，而這些傳說故事，滿足了人們喜歡聽故事的渴望，也增添了旅遊景點的浪漫神祕而有趣的色彩。很多故事就藉由劍橋大學的學生和旅遊拜訪者口耳相傳，津津樂道，這些都是文學為旅遊所帶來的無以計價的附加。

徐志摩還介紹康河上最古老而美麗的一座橋——克萊亞的「三環洞」橋，作者把「三環洞」橋和中國西湖白堤上的西冷斷橋、盧山棲賢寺旁的觀音橋相比，顯現了「三環洞」橋純粹的美麗。

其實除了「三環洞」橋以外，還有兩座橋也是相當有名氣的。一座是位於聖約翰學院的「嘆息橋」，建於一八三一年，之所以取名為「嘆息橋」，是因為這座橋曾經是連接學生宿舍和期末考場的必經之路，學生們每當要參加考試的時候，總是往往發出嘆息，忐忑不安的經過這座橋走進考場，擔心自己會考不到理想的成績。

徐志摩還描述了可愛的春天、水岸的草坪、水裡的水草、橋兩端的垂柳，除了康河兩岸的秀麗，還可以乘船去遊玩，有雙槳划船、薄皮舟和長形撐高船可以選擇。

划船是劍橋大學的學生最流行的運動，劍橋大學的學生也愛好運動，最流行的就是，他們除了每年都舉辦划船比賽外，另外也流行橄欖球、板球、足球和下棋等活動，像我們前面所介紹的十九世紀初在聖三一學院就讀的拜倫，就是劍橋大學有名的運動健將，有趣的事他都喜歡，包括騎馬、射擊、拳擊和游泳等。這些都是屬於劍橋的文化特色。

旅遊文學是傳遞知識的重要媒介，旅遊本身就是一種知識性的活動，單就旅遊世界文化遺產所保護的每個旅遊點而言，每個景點所帶給我們延伸的知識就是無限的。以敦煌莫高窟來說，這個世界上現存規模最大、內容最博大豐富的佛教藝術聖地，裡面的佛像、佛教故事、佛教史跡、經變、神怪、供養人、裝飾圖案和藏經洞，都為研究中國佛教、古代風俗、文化與美術都提供了重要的價值資料。另外，如長城、三峽、桂林，這些人為與天然的美景，不都是透過旅遊文學的描寫，變得生動活潑而更具文化底蘊。

六　結語

旅遊文學除了讓我們以閱讀和欣賞的角度出發，擴展視野，還在於對於作品所介紹的文化風土、城市國家性格，乃至博物館藝術都可以作為導覽參考之用，就像文中所提到的建築、壁畫和雕刻，都是在參觀歷史遺跡時值得「發思古之幽情」的。

陳碧月／實踐大學博雅學部教授

醉臥風月，夢華古今

——晚明小品張岱的旅遊人生

一 前言

明清時代的小品文，可以說是中國散文源遠流長過程中的一種美學轉化。長期以來，中國文士對散文寫作的要求，主要還是為了道德教化，並非供人娛樂清賞，嚴正者，甚至將其中的寫作價值拉高為「經國之大業，不朽之盛事」，十分重視「寓教於樂」的藝術效果。但這股精神直到中晚明，開始有了變化，小品文的出現，不僅是自娛，亦是娛人，歷來難以擠身正統文學的小品文，開始走向娛樂性，供人清賞的審美情境。它追求的既不是傳統散文的正經煌煌，更不似高文大冊的義理堂堂。它充分展示了作家的創作自由，長短隨心，十幾字的尺牘，到

六、七百字的山水遊記，無不可入話。只要是真實的情感蘊注其中，乘興走筆，信手拈來，無不成文。即興的題材，細處的琢磨，印象的描寫，在在展示了小品文的美學特點。而晚明文士張岱，正是這方面的翹楚。他的創作有獨特而自覺的美學追求，筆鋒如白雲蒼狗，變幻莫測而舒卷自如，所以被視為晚明小品文藝術的集大成者。

二　生平性格與寫作特色

張岱字宗子，改字石公，號陶庵，又自號蝶庵居士，山陰人，僑寓杭州。他出身官宦世家，惜考運不濟，仕途偃蹇，又不事生計，晚境可想而知。張宗子自幼即聰慧敏捷，科舉失利後，即絕意仕進，每天悠遊山水娛樂，家道就此沒落，如同國家的垂頹。其真實生活的寫照，誠如他在〈自為墓誌銘〉中所稱：「少為紈綺子弟，極愛繁華，好精舍，好美婢，好孌童，好鮮衣，好美食，好駿馬，好華燈，好煙火，好梨園，好鼓吹，好古董，好花鳥，兼以茶淫橘虐，書蠹詩魔，勞碌半生，皆成夢幻。」這些文字適巧反映出陶庵聲色犬馬般的宴享生活。但也因他興趣多方，交遊廣闊，累聚成豐富的生活經驗，加以才華洋溢，詩文書畫、戲曲，甚且器物製作等無所不通，從而成為一位具備全面藝術修養的士子，所以，作品中對於晚明文化的形繪敷陳，自有旁人未到之處。

事實上，張岱的創作與文藝審美觀受公安派影響很深，亦主張獨抒性靈。他為文的最大特色是博採眾家之長，從而形成「既能醇乎其醇，亦復出奇盡變」（王雨謙〈西湖夢尋序〉）的文風。其小品文集主要有《琅嬛文集》、《西湖夢尋》和《陶庵夢憶》三種，其中《西湖夢尋》、《陶庵夢憶》，被後人合稱「二夢」。書中無論狀物寫景或描俗繪人，均饒富勝趣，精彩處，亦不亞於徐霞客、公安三袁，乃旅遊文學之傑作。

三 山水園林與文化風俗

《西湖夢尋》內容除了對西湖山水園林的設色描繪外，作者又特別針對其中的掌故軼事，做了深刻的考究與敘寫，算是深度旅遊的代表作。正因此，當王雨謙為本書做序時，特別提到：「張陶庵盤礴西湖四十餘年，水尾山頭，無處不到。

湖中典故，真有世居西湖之人所不能識者，而陶庵識之獨詳；湖中景物，真有日在西湖而不能道者，而陶庵道之獨悉。湖中典故，真有世居西湖之人所不能識者，而陶庵識之獨詳；湖中景物，真有日在西湖而不能道者，而陶庵道之獨悉。」全書摹寫山水處，空靈脫透，情景交融；議論掌故處，則循名責實，未有半點敷衍。若以旅遊文學的深廣而言，本書確實具有很高的美學價值，故前人特稱此書有「有酈道元之博奧，有劉同人之生辣，有袁中郎之清麗，有王季重之詼諧，無所不有；其一種空靈晶映之氣，尋其筆墨，又一無所有。為西湖傳神寫照，政在阿堵者。」（祁豸佳〈西湖夢尋序〉）易言之，時人早已公推張岱「筆具化工」，其勝處，譬如顧愷之的「傳神阿堵」，有畫龍點睛之妙。此說洵非過譽，雖然歷代對西湖的繪寫，著墨已多，佳構亦不乏，但《西湖夢尋》對西湖山水園林的設色增益，仍有助於後人對該景的憧憬幻想，尤其是其對園中一花一木，一磚一瓦，究原竟委的工夫，最教人敬佩，確實有前人不及之處。

如果說，《西湖夢尋》是旅遊文學的平面敷彩，那《陶庵夢憶》中景物人情的敘寫，便可視為旅遊文學的立體鋪陳。

同為小品文的高手陳繼儒曾說過：「千里不同風，百里不同俗」（〈風俗〉），各地風土民情其實也築構、提高了旅遊文學的審美趣味。《陶庵夢憶》內容豐富，可謂晚明文化風俗小史。從寫作內容檢視，其中所涉及的，如文物古蹟、歌館樓臺、園林池沼、奇花異木、節日風俗等等，無奇不有。之所以形容它是旅遊文學的立體鋪陳，蓋因許多旅遊之作，往往只是模山範水，作者縱使也能寫景敘事，援情入景，但離精彩，仍有距離。這些創作動輒忽略了旅途中所見所聞的人事物，是具備生命力的動態性，置諸靜態風景中，才能呈顯出立體畫面的活潑性。也因旅者能夠用心體察世情，小中見大，旅遊文學的價值才能從感性的欣賞，提高為知性的享受：有浪漫的山水想像，亦有現實的人情溫暖，是浪漫主義與現實主義交糅下的審美體會，使讀者獲得精神的愉悅和知識的滿足。而《陶庵夢憶》正是具備這種美學特質的旅遊佳構。

以一個旅遊者而言，張岱的眼光與一般文士不同，他特別重視世態人情的細微考察，加上用詞妥貼，總給人以身臨其境的真實感。他的許多旅遊小品，有時像潑墨的寫意畫，氤氳山嵐水氣，予人豐富的想像；有時又像細緻的工筆畫，風俗人情畢現，巨細靡遺，如立眼前。以〈湖心亭看雪〉為例：「崇禎五年十二月，余住西湖。大雪三日，湖中人鳥聲俱絕。是日更定矣，余拏一小舟擁毳衣爐火獨往湖心亭看雪。霧淞沆碭，天與雲，與山，與水，上下一白，湖上影子惟長堤一痕，湖心亭一點，與余舟一芥，舟中人兩三粒而已。」文中意境與柳宗元〈江雪〉：「千山鳥飛絕，萬徑人蹤滅。孤舟簑笠翁，獨釣寒江雪。」相彷彿，渲染出空濛的湖山雪景，靈氣逼人，情韻悠長，有超然物外，嗒然忘我的美感特質。又如其名作〈西湖七月半〉：「西湖七月半，一無可看，止可看看七月半之人。」、「人聲鼓吹，如沸如撼，如魘如囈，如聾如啞，大船小船一齊湊岸，一無所見，止見篙擊篙，舟觸舟，肩摩肩，面看面而已。」透過作者眼光，讀者目睹了當地的風土民情，其中既有地理學家實事求是的具體考察，也有文學家感性審美趣味的滲入，這類旅遊小品同時兼具歷史文化和文學審美的價值，難怪周作人在品賞之餘，特別指出：「張宗子是個都會詩人，他注意的是人事而非天然，山水不過是他所寫的生活的背景。」（〈陶庵夢憶序〉）

四　即境示人的詩意散文

張岱的旅遊小品，雖是隨感雜錄性質，卻能如「清泉秋潭，印心照眼，令人悠然起遐想」（朱光潛語），許多小文，各自成篇，短小生動，具有很高的藝術性和審美價值，其中對大自然審美意象的捕捉與概括，與前人優美傳世作品相較，不遑多讓。這些被視為旅遊文學的佳構，其實具備了詩意散文的審美價值，滿足了人們娛樂閑賞的趣味，也建構了人們對各地風土民情的知性認識。在這些自由創造的作品裡，如〈紹興燈景〉：「佛前紅紙荷花琉璃百盞，以佛圖燈帶間之，熊熊煜煜。廟門前高臺，鼓吹五夜。市廛如横街軒亭、會稽縣西橋，閭里相約，故盛其燈，更于其地斗獅子燈，鼓吹彈唱，施放煙火，擠擠雜雜。小街曲巷有空地，則跳大頭和尚，鑼鼓聲錯，處處有人團簇看之。」又如〈虎丘八月半〉：「虎丘八月半，土著流寓、士夫眷屬、女樂聲伎、曲中名妓戲婆、民間少婦好女、崽子孌童及游冶惡少、清客幫閒、傒僮走空之輩，無不鱗集。自生公臺、千人石、鵝澗、劍池、申文定祠下，至試劍石、一二山門，皆鋪氈席地坐，登高望之，如雁落平沙，霞鋪江上。天暝月上，鼓吹百十處，大吹大擂，十番鐃鈸，漁陽摻撾，動地翻天，雷轟鼎沸，呼叫不聞。」不僅處處體現了作者的細微觀察，也提供欣賞者娛樂的審美趣味。

令人驚訝的是，作者信手拈來的隨意性，卻屢屢帶給讀者最大的雅興，頗有

「求之不必得，不求可自得」的妙趣。雖說文中均是作者對往日繁華的追憶，但因文字簡潔而意味雋永，耐人反覆咀嚼，有「言近旨遠」之味，恰如袁中道所評的「小中觀大意」：「一幅之內，烟波萬里，如書家小字得大字法，如畫家咫尺之間具千里萬里之勢。禪門亦云『于一毫端，現寶王剎；坐微塵裡，轉大法輪』，皆小中觀大意也。」（〈李仲達文序〉）在現實的景物當中，看似普通平凡的現量境地裡，張宗子意會神遊，卻能感知他人所不及的光景，任何動靜之性，無不描畫如生，即境示人，而得審美意韻。所謂「芥子須彌」（《維摩詰經．不思議品》），「小中見大」、「見微知著」，其與禪門悟道精神又有何別？

基本上，這些優秀的旅遊文學予人的審美感受，多非波瀾壯闊的雄壯之美，而是輕靈雋秀的悠閑滋味，儘管作者只是摭景眼前，卻能「運精象外」、「得其環中」，所憑恃的，正是個人對物象的充分理解和掌握。他筆下的風景，有時情趣盎然，意韻緜緲。作者通過想像的飛騰，情緒的凝結與思維的觸動，引領讀者神遊至境，教人總不免也流露出「宜乎適意山林之士樂之而不能違」（劉基〈松風閣記〉）的遺憾！這些山水小品不乏具有「興象天然」、「造境性靈」乃至「境生象外」的美學層次，在審美意象的呈顯上，實與詩詞的表現，不相上下。

五　結語

宋代藝術家郭熙曾在《林泉高致．山水訓》中提及：「君子之所以愛夫山水者，其旨安在？丘園，養素所常處也；泉石，嘯傲所常樂也；漁樵，隱逸所常適也；猿鶴，飛鳴所常親也。塵囂韁鎖，此人情所常厭也。煙霞仙聖，此人情所常願而不得見也。」這段文字正說明了古代文人雅士為何終其一生在功名追逐之餘，總想選擇林泉清音來安頓自己的生命。也由於騷人墨客對山水的強烈依戀，促成了中國文學中旅遊文學的發達。

古代旅遊文學產生的歷史社會背景，自與文人的政治命運有不可分割的傳統。從求仕到入仕到最後人生的歸隱，這條道路一直是中國士子的人生模式。從求仕前「行萬里路勝讀萬卷書」的漫遊理想，為的是擴充視野，建構氣度胸襟；到入仕後，陷於政治風暴，不得不遠離家國，羈旅行役於異鄉；到最後，了然塵世險惡，萌生歸隱之念，退居山林。在在都與旅遊文學結下了不解之緣。

張岱也不例外，仕途的偃蹇，家道的中落，國運的衰頹，讓他在晚年的記憶隨想中，不自覺地往過去美好的人情或自然風光靠攏。放誕的個性與崇尚天趣的本質，讓他在書寫這些風光景物時，總是真情流露。這些旅遊小品，或近觀，或遠遊，不時予人「至大無外，至小無內」的審美享受。其筆下的名山勝水，可以觀，可以聞，更可以滌蕩俗腸，即使是人情風土，亦是處處奇趣，讀者不但可以滿足耳目感官的審美享受，同時也獲得了知識的補充及精神的放鬆。換言之，文人在筆墨中所呈顯的遊興，自然也激起了讀者濡染後的遊情，而這種閱讀享受不正是一種審美快感！

黃惠菁／屏東教育大學中國語文學系副教授

元、明、清旅遊詩中的情志現象

一　前言

中國旅遊詩文的來源可上溯至先秦《詩經》中對山水景物的描寫，其中〈衛風．竹竿〉第四章：「淇水悠悠，檜楫松舟，駕言出遊，以寫我憂。」就充分說明古人登山臨水藉以遣懷的動機。

「出遊」以「寫憂」是說明旅遊的目的在於抒發心情，轉換心境，其先決條件就是作者心中有憂思，藉著旅行記遊排遣憂愁，而憂思的來源，可能因外界的人、因事、因物、因家國之痛、因個人的過去、目前的困境或未來的理想、志向等產生了憂思，這也是本文希望理解的旅遊詩中的情志的緣由。

旅遊詩文的源流，可以追本溯源至《詩經》、《楚辭》中對山水景物的描寫，從那「關關雎鳩」到雲中君的翩翩飄動之美，一直到《漢賦》中〈兩都賦〉、〈兩京賦〉中山水的描述中，所呈現宮廷王朝之恢弘氣度，〈長門賦〉中委婉深情的哀愁而來，在那一篇篇美感文章的投射中，看到大自然美的律動與跳躍，其中孺慕與微觀，藉由客觀的視角中突顯主觀一己之私情與志向。

至魏晉時期，遊覽的主旨從觀察、寫憂中蛻變，求仙詩、隱逸詩的滋生萌芽，山水詩於焉產生，山水是旅遊詩的必要條件，山水不只是大自然雲蒸霞蔚的美感經驗而已，更融攝自我實現的成仙、超凡，在物我間的一種抉擇；南北朝之後，山水詩更加多樣，其中有老莊名理並存的山水詩，宦遊生涯共詠的山水詩，宮廷遊宴同調的山水詩，田園情趣合流的山水詩，山水為主軸的旅遊詩，以寫憂、寫樂、寫情、寫志，從不同的角度與面相中，呈現旅遊詩多樣風情與面貌。

到了宋朝，詩風在宋明理學思想的桎梏下，理學式詩作，或奪胎換骨式的詩作，都顯得道貌岸然，旅遊詩被賦予理性的面貌，甚至詩情與詩境，都會融入作者個人的情志或哲學的思考，如宋．蘇軾〈題西林寺壁〉：「橫看成嶺側成峰，遠近高低都不同，不識廬山真面目，只緣身在此山中。」但是，宋代這樣學術的耙梳與整合進入山水詩作中是有意義的，至元、明、清以來旅遊詩的開展，配合理學的解放，心學的開展，外族入侵的衝擊，佛學禪宗思想的推闊，性靈小品的書寫，元、明、清時期的旅遊詩，產出與呈現更顯得多樣、豐富、又有深度的。

本文僅以旅遊詩的「情志」為主要觀察點，以元、明、清三代為例，提出幾位代表作論述其旅遊詩中「情志」的表現，說明三代以來旅遊詩的遞變情形。

二　元代旅遊詩中具象的情志表現

從金到元，一個外族撻伐中國人民族尊嚴的時代，政治、社會、學術環境的巨大變革，金王朝以連年戰爭對付趙宋王朝，蒙古人入主中原，這是一個災難的時代，更是一個隨時可以見到「高原水出山河改，戰地風來草木腥」的時代，身為知識分子，親眼目睹環境的巨變，時代變了，經歷與遭遇隨時有一夕之間天地為之變色的可能，詩人不禁產生各種情緒，內在反戰爭、反侵略的感受，隨著故國黍離之悲，身世飄零之感，形諸於詩，發出深沈的嘶吼，如趙翼在《甌北詩話．題遺山詩》所言：「國家不幸詩家幸，賦到滄桑句便工。」旅遊以寫憂，把沉痛和悲涼藉諸詩作發聲。因此，元代旅遊詩的情志表現，一是「託物寄情，直抒其臆」，一是「具象描摹，圖像敘寫」。

元代旅遊詩的情志表現，最明顯的就是「託物寄情，直抒其臆」，旅遊詩在這種時代悲劇與個人悲情的衝激之下，隱遁避世者，借旅遊情景低迴於個人沈鬱情志，如元好問（1190-1257）在〈雁門道中書所見〉：

金城留旬浹，兀兀醉歌舞。出門覽民風，悲慘愁肺腑。
去年夏秋旱，七月黍穗吐。一昔營幕來，天明但平土。
調度急星火，逋負迫捶楚。網羅方高懸，樂國果何所。
食禾對百螣，擇肉非一虎。呼天天不聞，感諷復何補。
單衣者誰子？販糴就南府。傾身營一飽，豈樂遠服賈。
盤盤雁門道，雪澗深以阻。半嶺逢驅車，人牛一何苦！

詩人在雄健蒼涼中，雖是一派清新自然，但是直書「苦」真實坦率的道出心聲，詩以言志，詩以寄哀，直臆胸懷，一覽無遺。

陳孚（1240-1303）的旅遊紀行的詩，雖描寫山川風物，詞采瑰麗，但如〈葛嶺行〉也露出不堪回首之嘆，見後半闕：「我偶過此訪廢址，狐兔縱橫草焦枯。

琨臺瑤砌不復見，已有野人來種蔬。都怪當時鑿隧道，挾詐出入潛如狙。大臣一身佩天下，板墻復壁何謬歟！山童從我一壺酒，回首落日悲欷歔？摩挲僕碑共踞坐，尚是禦賜淩煙圖。」一個征戰連年，異族統治的時代，怎不感慨盛唐之不再，而寓無窮之幽思。

趙孟頫〈岳鄂王墓〉在憑弔古蹟，遊賞山水間，娓娓道出心中無限的悲慼：

> 鄂王墓上草離離，秋日荒涼石獸危。南渡君臣輕社稷，中原父老望旌旗。
> 英雄已死嗟何及，天下中分遂不支。莫向西湖歌此曲，水光山色不勝悲。

物我合一，託物寄情，以筆代酒，澆心中壘塊，在描寫真實風景之外，寓亡國之痛，是元代旅遊詩作情志的表現之一。

元代旅遊詩作情志的表現之二是「具象描摹，圖像敘寫」，元代統治時期，北方少數民族在中原活動，他們同漢族共同創造元代山水風情，像薩都剌、馬祖常、乃賢、貫雲石等，元著名詩人薩都次的山水紀遊詩，更是首屈一指。請看〈題焦山方丈〉：

江楓入霜林，寒葉下疏雨。蕭蕭復蕭蕭，可聽不可數。
山僧亦好奇，呼童掃行路。到處覓秋聲，肩與入山去。

詩人突出秋聲之詩意，毫無悲秋之情懷，讓山水詩視野寬闊，風格恢奇，詩人將少數民族詩人的創作個性和對江山多嬌、宇宙無窮的讚嘆之情，表現得淋漓盡致。另外如吳澄（1249-1331）〈詠雪〉：

臘轉鴻鈞歲已殘，東風剪水下天壇。剩添吳楚千江水，壓倒秦淮萬裡山。
風竹婆娑銀鳳舞，雲松偃蹇玉龍寒。不知天上誰橫笛，吹落瓊花滿世間。

雪，像鳳的舞蹈，春風，似剪去天下的冬景，這具體圖像描寫，深具景物律動之美，空間寬闊之感，再加上如鳳舞般動態的飄雪，這意象似乎隨時衝破時空的界定，從詩文中躍動到真實的當下，本詩文字深具形象化、律動化之美。又如揭傒斯（1274-1344）的詩，除了以清新婉約著稱之外，在〈高郵城〉中，發揮詩之形象與聲音之美，突破文字的固定格律，深具創意：

高郵城，城何長；
城上種麥，城下種桑。
昔日鐵不如，今為耕種場。
但願千萬年，盡四海外為封疆。
桑陰陽，麥茫茫，終古不用城與隍。

像城垛般的圖像詩，是旅遊詩中詩與圖結合的精品，詩如曲式，顯出元曲歌謠的韻律美，將詩具體又有韻味的傳達出來。

三　明代旅遊詩中實虛擬古的情志現象

明代旅遊詩在朱元璋大殺文武功臣，政治環境高壓統治下，籠罩著明詩壇中濃厚的陰雲，相較之下，元人詩歌較真、較貼近現實，多有抨擊腐敗的內容，而明代詩歌則不同，作者有意迴避現實，詩歌由前期的臺閣體詩派，到中葉以後，一片擬古、復古之風，強調仿唐詩而少獨創，這對汲取自然山水之靈感的旅遊詩發展，有不利的影響，但虛中求實，擬古中呈現浪漫，也是情志的現象之一。

但明代旅遊詩的情志表現，其一就是由臺閣體式，空間對比而來的磅礴意象，如高啟的山水紀遊，就獨發氣勢之姿，見〈登金陵雨花臺望大江〉：

大江來從萬山中，山勢盡與江流東，鐘山如龍獨西上，欲破巨浪乘長風。江山相雄不相讓，形勢爭誇天下壯。秦皇空此瘞黃金，佳氣葱葱至今王。我懷郁塞何由開，酒酣走上城南臺。坐覺蒼茫萬古意，遠自荒煙落日之中來。石頭城下濤聲怒，武騎千群誰敢渡！黃旗入洛竟何樣？鐵鎖橫江未為固。前三國，後六朝，草生宮闕何蕭蕭！英雄時來務割據，幾度戰血流寒潮。我今幸逢聖人起南國，禍亂初平事休息。從今四海永為家，不用長江限南北。

這首詩暢寫金陵古城的山川形勝，並融合人文歷史、興亡更迭、戰亂頻仍等，產生容量大，深度夠，寫景、懷古、抒情交融為一，一氣呵成，有波瀾無限之風。

劉基（1311-1375年）詩歌中沉鬱之情，在體式規範下，寄託深遠之意，如〈古戍〉：

古戍連山火，新城殷地笳。九州猶虎豹，四海未桑麻。
天迴雲垂草，江空雪覆沙。野梅燒不盡，時見兩三花。

又如以政治家、軍事家聞名於世的于謙，被人稱為「馬上山水詩人」，他的山水詩經常是忙裡偷閒，於行旅中匆匆寫成。以〈山行〉為例：

望極群峰遠，行穿一徑幽。雲從樹杪起，水繞竹根流。
酒旆搖樹舍，鐘聲出寺樓。更倩林外鳥，巧語答嗚騶。

雖與杜牧〈山行〉同寫遠山石徑，村舍人家，杜牧有「停車坐愛楓林晚，霜葉紅於二月花」的意境美，于謙則在視覺、聽覺、形象上與山中景物相映成趣。詩人視域與個性的不同，藝術風格則迴異。

另一重要旅遊詩重要現象在物我情趣，相即相融的心靈美感，其因就是明代公安派首要代表人物袁宏道，在山水記遊中追求「味欲其鮮，趣欲其真」的審美情趣。他以「性靈」衝擊傳統束縛，唯「趣」、「韻」取之於自然，用於「詩學大進，詩集大饒、詩腸大寬、詩眼大闊」，他以山嵐、水波做為文章中有「韻」的形象，性靈、山水、自然真趣三者結合成：「太湖一勺水可游，洞庭一塊石可登，不大落寞也」的生活雅趣。

漕河水煖綠瀾生，聽鳥看山也自清。寶馬驕嘶塵百文，朱帆高卷日千程。
飛杯客子紛無數，度曲兒童浪有情。人物喧嗔煙樹里，桃花如錦爛春城。

詩中寫性靈、善於表現山水間的喧嚷、歡笑之真情，反映出明代中葉以來的城鄉經濟發展，朝著趣味美感經驗發展。

後七子初期的代表人物謝榛（1495-1575）詩中，也自有特色，不但精深工麗，聲律圓穩，且較有情致，如〈晚過西湖〉：

悵望西山路，曾經代馬過。重來把楊柳，獨立向煙波。
日影峰頭盡，春寒湖上多。漁樵一相見，獨為話兵戈。

明代旅遊詩的第三項重要現象是：本色之情，奔放任情之感，在一片復古浪漫詩風的吹拂下，徐渭（1521-1593）詩的奇偉奔放，超逸有致，也為旅遊詩開一片新頁，〈春日過宋諸陵〉：

落日愁山鬼，寒泉鎖殯宮。魂猶驚鐵騎，人自哭遺弓。
白骨夜半語，諸臣地下逢。如聞穆陵道：當日悔和戎！

又如名將戚繼光（1527-1587）憂時感慨，抒發情志，也是一特色〈盤山絕頂〉：

霜角一聲草木哀，雲頭對起石門開。朔風虜酒不成醉，落葉歸鴉無數來。
但使玄戈銷殺氣，未妨白髮老邊才。勒名峰上吾誰與？故李將軍舞劍臺。

身為武將的戚繼光，常登臨山水，賦詩言志，錢謙益稱之：「感激用壯、抑塞償張之詞」（《列朝詩集小傳》）說明憂時託志原本就是詩人兼涵比興的手法，但個人性情會在旅遊詩中渲染無遺，明代心學的影響隱約可見。

四　清代旅遊詩中內外兼具的情志現象

清代也是一個異族統治的時代，更是民族自尊與自信衝擊巨大的時代，旅遊以記行寫憂，卻因為高壓的統治，文字獄的盛行，文人在學術箝制，時代變革，江山易主，亡國之思，痛定思痛之下，深刻反省，一掃擬古之風，根植於現實，開拓樸學、經學的精益求精，廣度與深度皆「求均」（見方以智《東西均注釋》）的特色，積極追求創新，上承秦漢，又另闢蹊徑，因此在旅遊詩風格上，呈現一怨而不怒，委婉內斂，氣韻鏗鏘，物我合一的情志表現。

清代旅遊詩的情志表現之一，是遺民詩人的群與怨的詩學精神，他們有的鐵骨錚錚，不做貳臣，如黃宗羲、顧炎武；有的雖仕清廷，卻不忘故明，如錢謙益、吳偉業等，故國之思，亡國之痛，早已化為集體潛意識中，表現曲致委婉，怨而不怒的情志。以顧炎武（1613-1682）〈秋山〉為例：

秋山復秋山，秋雨連山殷。昨日戰江口，今日戰江邊。
已聞右甄潰，復見左拒殘。旌旗埋地中，梯衝舞城端。
一朝長平敗，伏尸遍岡巒。胡裝三百舸，舸舸好紅顏。
吳口擁橐駝，鳴笳入燕關。昔時鄢郢人，猶在城南間。

寫秋山寫史實的切入，寓國家興亡的哀痛，「鄢郢人」也是自況的筆法。而錢謙益（1582-1664）在〈題淮陰侯廟〉的旅遊詩的表現，就因身在公門，自是更加幽微：

淮水城南寄食徒，真王大將在斯須。豈知隆準如長頸，終見鷹揚死雉姁。
落日井陘旗尚赤，春風鐘是草長朱。東西冢墓今安在？好為英雄奠一盂。

心中遙遙祭奠過往英雄，卻不得不寄食新王朝，而苟延殘喘，無奈之情，呼之欲出。吳偉業（1609-1672）〈臺城〉，在客觀的陳述歷史中提出：

形勝當年百戰收，子孫容易失神州。金川事去家還在，玉樹歌殘恨怎休。
徐鄧功勳誰甲第，方黃骸骨總荒丘。可憐一片秦淮月，曾照降幡出石頭。

一片丹心照明月，自己降清的「殘恨怎休」的嗟嘆，千年之後似乎仍悠悠在耳！

清代旅遊詩的情志表現之二，是詩人情志在文從字順、音韻合度中呈現，錢謙益〈嘉定四君集序〉云：「以經經緯，史為根柢，以文從字順為體要。」無論調和性靈說的袁枚，神韻說的王士禛，格調說的沈德潛，其實都上承南宋・嚴滄浪意下，走「由妙悟得者，性靈獨至」的蹊徑，但是清代重師承、重法度規矩，體裁得正又需有尺寸可循，因此，無不樸實地在規範下開創音韻協調，意象塑造，整體情志在內外兼具，物我相即相融中表現。

如以載道言志，輔以才性的朱彝尊（1629-1709）為例，自述曾到處遊歷，作品體裁多樣，自言：「凡山川風土，廢興治亂之跡，有朋離合之感，皆見於詩，不傍古人，不下古手，不為格律聲調所縛，類發乎心性所得，而絕剽賊之患，蓋卓然可傳者也。」如〈出居庸關〉：

居庸關上子規啼，飲馬流泉落日低。
雨雪自飛千嶂外，榆林只隔數峰西。

在文從字順中，寫出自適的情志。王士禛（1634-1711）主神韻，重縹緲頓悟，天然渾成。〈秦淮雜詩〉（十四首選一）的旅遊詩，就讓人覺得直指本心，可以意會而得之於內：

新歌細字寫冰紈，小部君王帶笑看。
千載秦淮嗚咽水，不應仍恨孔都官。

又如主詩教應溫柔敦厚的趙執信（1662-1744），在句法與詩體中，求健舉，求可歌可泣，以〈大風登海鏡亭觀潮〉為例，就是聲情與詩情並茂之作：

疾風鼓窮冬，大海勢一變。頓收浩渼形，坐獲奇麗觀。
聳身列缺旁，側足虬龍畔。譬如倚閶闔，下見玄黃戰。
波騰銀屋翻，沫吼白雨亂。萬靈助呼吸，百怪互隱見。
東連湯谷沸，北汩雲山轉。恍忽掣丹崖，蒼茫吞赤懸。
天吳本肆威，飛廉苦相煽。莫測天地機，但覺心目眩。
倍看城市親，遙被舟楫羨。一笑險夷間，吾生失憂患。

從外內兼具，既有溫柔的載道致用，又有體裁規格，音調韻律之美，格調說的沈德潛（1673-1769）在〈平靖關〉旅遊詩的表述是：

荊豫分疆處，天然屹此關。斷崖通一線，絕頂控千山。
地險風雲壯，時清戍守閑。當年龍戰日，飛鳥尚難還。

重比興，重意象，亦不忽視神韻，期望「詩以聲為用者也。其微妙在抑揚抗墜之間，讀者靜氣按節，密詠恬吟，覺前人聲中難寫、響外別傳之妙，一齊俱出。」（《說詩晬語》）這樣的旅遊詩作，在清詩中俯拾皆是，如厲鶚（1692-1752）〈靈隱寺月夜〉：

夜寒香界白，澗曲寺門通。月在眾峰頂，泉流亂葉中。
一燈群動息，孤磬四天空。歸路畏逢虎，況聞岩下風。

又如以求真、自然、有我、坦易、有神韻的性靈說著稱的袁枚（1716-1798），也在旅遊詩中呈現真實平易的感受，見〈馬嵬〉：

莫唱當年長恨歌，人間亦自有銀河。
石壕村裡夫妻別，淚比長生殿上多。

清代旅遊詩的情志表現之三，是詩人物我合一的情志描寫，由肌理到境界的物我相即相融之境。桐城派文道合一的觀點，翁方綱肌理說的以實御虛，都是讓旅遊詩走入寫實與入情入理的內涵，以姚鼐（1732-1815）〈金陵曉發〉為例：

湖海茫茫曉未分，風煙漠漠棹還聞。連宵雪壓橫江水，半壁山騰建業云。
春氣臥龍將跋浪，寒天斷雁不成群。乘潮鼓楫離淮口，擊劍悲歌下海濆。

義理加上文理，加上藻繪，在寓諸音律，寫景抒情由遠及近，點出「悲歌擊劍」的筆力氣韻。又如林則徐（1785-1850）〈出嘉峪關感賦〉：

嚴關百尺界天西，萬里征人駐馬蹄。飛閣遙連秦樹直，繚垣斜壓隴雲低。
天山巉峭摩肩立，瀚海蒼茫入望迷。誰道崤函千古險，回看只見一丸泥。

康有為（1858-1927）〈過昌平城望居庸關〉云：

城堞逶迤萬柳紅，西山岧嵽霽明虹。雲垂大野鷹盤勢，地展平原駿走風。
永夜駝鈴傳塞上，極天樹影遞關東。時平堡堠生青草，欲出軍都吊鬼雄。

一代名臣在詩中以景境說事境，恢弘的器宇，在天性淳厚，篤其根柢中言情、觀物。而蘇曼殊（1884-1918）遊歷日本之作〈淀江道中口占〉：

孤村隱隱起微烟，處處秧歌竟插田。羸馬未須愁遠道，桃花紅欲上吟鞭。

更見詩人假旅遊詩文以書懷遣憂，非物自物而情自情，情景交融，秀色清揚，卻能自露本色。

五　結語

元明清三代旅遊詩作並非大宗，但在承繼前人原創性文采下，內在情志的抒發，以致於轉出於戲曲、小說的多樣，都具有礎石奠基之功，提供後人後出轉精，以寓無窮的學詩視野，詩之教在於發乎情而止乎禮，在溫柔敦厚中不忘譎諫，這是前賢給予吾人的智慧心傳。

錢奕華／聯合大學華語文學系助理教授

性靈、人文與深度旅遊

——談晚明時期的旅遊活動

一　前言

「旅遊」，如果不僅僅是單純地建立在物質消費之上而已，不是以觀光客的姿態走馬看花，那麼我們如何以一位「深入者」的眼光，來發掘每一次旅遊所帶來的深刻感受？不管是對於遷客騷人來說也好，或是以旅遊為職志的遊人來說，抑或是走馬看花的觀光者，相信每一次的出遊，皆能帶給遊人不同的生命感受，而在旅遊背後所給與遊人的感受，或許才是真正旅遊的意義。

以臺灣而言，旅遊活動已進入了消費行為的模式，甚至成為時下最流行的活動之一，再加上旅遊書籍、網路的傳播、交通狀況的改善，或是在工作繁忙之餘，透過旅遊行為來平衡生活步調，以期達到生理與心理上的紓壓。在這些客觀條件的助益之下，旅遊在現今的臺灣社會中，已蔚為一股風潮，這樣的旅遊風氣，對於旅人來說，究竟抱以何種心態而遊？是為了紓壓？為了訪奇？抑或是為了滿足心理與精神上的需求，種種跡象顯示，旅遊不再純然是騷人墨客解悶、仕宦貶謫的排解方式，已是一種消費行為。總的來說：旅遊，是社會發展到一定的程度之時，所產生的一種文化現象，舉凡社會風氣、交通的便捷、經濟的發展、甚至是人類心態上的轉變，都可構成旅遊風氣興盛的因素。

當時間拉回十六世紀之時，中國正處於明朝末年之際，此時期的政治、經濟、風氣、生活各方面，與當今臺灣有許多雷同之處，同樣也是旅遊風氣極盛的時期，對於晚明文人來說，「旅遊」究竟扮演著何種重要的角色？而旅遊對晚明旅人來說，是一種消費行為，或是探索新世界、異文化，還是在不得志之時，尋求山水以慰藉心靈？自古以來，旅遊本是文人雅士、騷人墨客排憂解悶的方式之一，是不得志之遊，或是文人雅士的漫漫之遊，「遊」代表著走出書齋，與大自然做一緊密的結合。只是，晚明文人將「遊」的境界提升到了前所未有的地位，促成了文人皆以「遊」為人生一大樂事。而在這股風氣之下，性靈漫遊已是文人雅士不可或缺的閒適活動之一，再加上實學思潮以及經世致用的風氣使然，考察壯遊的旅遊形式，也在這股旅遊風潮之中，可見端倪。

由此我們可知：晚明文人皆可以是旅行家，人人也可以自著一本遊記，旅遊活動已無法和晚明的文人雅士脫離，遊記的書寫同樣也呈現出多元的面向，「多元性」的價值觀瀰漫著整個社會，簡單來說：「在上層士紳、大地主、富有商人的眼中，明代後期是個文化繁榮、新思想不斷湧現和充滿著歡愉的時代。」（卜正民：《縱樂的困惑——明朝的商業與文化》）這或許可以看作是一個兼容並蓄的時代，對於遊記的寫作來說：除了抒情式的遊記書寫外，兼論地理、民俗風情的遊記，也於此時大放異彩。由此可知，此時期考察式的遊歷方式，和以實學為依歸的遊記寫作，是晚明遊記中最為突出，也最為值得一探究竟的部分。

曹淑娟對晚明文人喜愛遊覽的風氣，曾做出說明：「親近山水景物為晚明文人生活的重要內容，在其不同場合，不同文類的撰作中，都可以看到他們對此一好尚的紀錄。山水遊記最為普遍，在各家文集中皆可尋見；庭園記或者記園內因自然地形加以整治的景觀，或者寫園外借以為背景的山水之勝，都透露了造園者與撰文者的意向。（曹淑娟《晚明性靈小品研究》）」晚明人好遊歷之風，在此已表達的很清楚，短短一個時代中，有那麼多樣的記遊文字，呈現出不同的旅遊風貌，甚至有以旅遊為職志王士性、徐霞客……等人，呈現出一個前所未有的新風潮。

在這樣的旅遊風氣之下，遊記的寫作成了文人的風雅韻事，也藉此表現自我的生活情趣。遊記書寫呈現「多元性」。約略可分為三類：性靈漫遊、人文之遊、深度之遊。透過這三類的旅遊形式來了解晚明時期旅遊的多元性以及大眾化，來窺探晚明文人如何遊玩，如何寫遊記，而在旅遊的過程中，又以何種心態來徜徉於大自然之間？

二　晚明旅遊多元樣貌

旅遊景點的選擇是晚明士人必須首要決定的，從士人們所撰寫的遊記中可發現所選擇的地點多半是名山、大湖、園林……等，且都是以近距離的景點為首要選擇，距離是他們所考量因素之一。以袁宏道而言，在〈虎丘〉一文中曾寫道：「虎丘去城可七八里。」（《袁宏道集箋校・虎丘》）距離城中只有七八里，並非深山峻嶺，這種短程且交通方便的景點，就成了人們旅遊時的首選之地。而袁宗道（1560-1600）在〈極樂寺記遊〉中也說：「極樂寺去橋可三里，路逕亦佳，馬行綠陰中，若張蓋。……暇日曾與黃思立諸公遊此，予弟中郎云：『此地小似錢塘蘇堤。』思立亦以為然。予因嘆西湖勝境，入夢已久，何日掛進賢冠，作六橋下客子，了此山水一段情障乎！是日分韻，各賦一詩為別。（《白蘇齋類集・極樂寺記遊》）袁宗道認為極樂寺路徒頗近，而且路況也佳，因此是一極佳的選擇。

晚明文人熱愛旅遊，遊記的書寫數量在此時期也達到高峰。這時期的遊記類型可分為二，一是以公安、竟陵為代表，以遊記小品為主體的「才人遊記」。所謂「才人遊記」，是一種在作者主觀才情主導下，自由書寫，不拘格套的遊記作品，從內心出發，以感覺為尚，以才情為主，追求自然率真之美，如袁宏道的性靈遊記小品。另一類是以《徐霞客遊記》為主的「考察型遊記」，考察型遊記的內容並非是以個人的主觀情感為主，而是以客觀的山水景物為主要記載內容，注重遊記內容的真實性，涉及地理、物產、人文、民情的記載，但仍是以文學的筆法來記載，並非全是地志的書寫形式（梅新林、俞璋華主編，《中國遊記文學史》）。作為才人遊記的書寫，所注重的是人對山水景物所產生的感觸，是以模山範水為主，對於山川地形、河流走向、物產分布，就不若考察型遊記注重。我們可以說：才人遊記是以「情」為遊記的書寫本體；考察型遊記則以「實」為遊記的書寫脈絡。以下就性靈漫遊、人文之遊、深度之遊這三類的旅遊型態逐一分析。

（一）性靈之遊

由以上討論可以知道，性靈遊記的內容主要特色為：少有政治、人生抑鬱之寄託，內容多半為描寫自然風光，注重生活情趣，內心情感的性靈書寫，小品文式的遊記書寫是「尚真」、「尚俗」、「尚趣」的基調。由此可知，此類的小品遊記所呈現出的特色，多半是追求個人的生活情趣，享受生命，袁宏道以真、俗之筆觸來寫遊記，其遊記的內容風格是以情為主，山水的描摹為次之，甚至呈現出一種熱鬧的遊玩景象，如袁宏道（1568-1610）在〈虎丘〉一文所寫：「虎丘去城可七八里，其山無高岩邃壑，獨以近城故，簫鼓樓船，無日無之。凡月之夜，花之晨，雪之夕，遊人往來，紛錯如織。而中秋尤為勝。」（《袁宏道集箋校・虎丘》）文中呈現出庶民遊玩的熱鬧景象，把此節日性盛大場面場景呈現在讀者眼前，流露出世俗化的情趣意象。又或是袁宏道於辭去吳縣知縣後漫遊吳越間，在遊覽杭州西湖時寫下遊覽西湖的樂趣所在：

西湖最盛，為春為月。一日之盛，為朝煙，為夕嵐，今歲春雪甚盛，梅花為寒所勒……。然杭人遊湖，止午未申三時，其實湖光染翠之工，山嵐設色之妙，皆在朝日始出，夕舂未下，始極其濃媚。月景尤不可言，花態柳情，山容水意，別是一種趣味。此樂留與山僧遊客受用，安可為俗士道哉！（《袁宏道集箋校・西湖二》）

袁宏道點出了遊覽西湖最佳的時光間在於早晨與黃昏時刻，只有文人了解西湖之美在朝日始出而夕陽未下之時，不同於一般遊人所遊的時間。

而在〈滿井遊記〉中，則是寫其悠然遊玩於滿井的情形：「至滿井，高柳夾堤，土膏微潤，一望空闊，若脫籠之鵠。於時冰皮始解，波色乍明，鱗浪層層，清澈見底，晶晶然如鏡之新開而冷光之乍出於匣也。山巒為晴雪所洗，娟然如拭，鮮妍明媚，如倩女之靧面，而髻鬟之始掠也。」（《袁宏道集箋校・滿井遊記》）遊記中善用譬喻手法，試圖描繪出一幅唯美的畫像，雖以遊記為名，但實際上所寫的是心領神會的情感。

再者，鍾惺（1574-1625）所寫〈浣花溪記〉，以優美、流暢的文筆記述了自己遊玩浣花溪，參觀杜工部祠的經歷：

出成都南門，左為萬里橋。西折纖秀如連環、如玦、如帶、如規、如鉤，色如鑒、如琅玕、如綠沉瓜，窈然深碧，瀠回城下者，皆浣花溪委也。然必至草堂，而後浣花有專名，則以少陵浣花居在焉耳，……溪時遠時近，竹柏蒼然，隔岸陰森者盡溪，平望如薺……（《隱秀軒集・浣花溪記》）。

遊記首先著眼於浣花溪的地理位置，從形狀、色澤先進行描寫，浣花溪像玉環、像圓規，水色如明鏡、像碧玉。站在不同的角度來看浣花溪，有不同的景象，亦有不同的情趣，趣以景生，顯示出主體不停在移動的視角，這樣的描寫亦呼應了鍾惺在〈詩論〉中說的：「趣以境生，情由日徙。」（《隱秀軒集・詩論》）的意象，這樣的描寫手法，先描寫地理位置，藉由視角不停的轉換，勾勒出浣花溪幽深而靜謐的清幽之感，彷彿站於高點，浣花溪一切景象盡收眼底。接著描寫行至武侯祠、杜工部祠，在自然與人文的穿插當中，藉著人文景象來襯托出自然山水之美，這是鍾惺的遊記寫作策略，以人文襯托自然的筆法，既描寫「水木清華」的清新幽美，也提到人文古蹟，而發思古之幽情，這樣的遊記描寫手法，與鍾惺在〈蜀中名勝記序〉中所云：「曰事，曰詩，曰文，之三者，山水之眼也。」（《隱秀軒集．蜀中名勝記序》）不謀而合。

無論是袁宏道的性靈之遊，或是鍾惺趨近於幽情之遊，我們皆可以看出：晚明文人在遊記的寫作風格之上，已脫離了「借景抒情」、寄託「人生寓意」的層次之上，甚至是能夠以「心」領略其遊玩之樂趣，是否將己身不如意之情感投注於山水景物之上，似乎已經不是他們所關注的層面了。

（二）人文之遊

王士性（1547-1598），字恆叔，號太初，浙江臺州府臨海縣人。他所寫的《廣志繹》，主要探討人文活動與自然環境之間的相互關聯。他說：「吾視天地間一切造化之變，人情物理，悲喜順逆之遭，無不於吾遊寄焉。」（《王士性地理書三種．五嶽遊草．自序》）王士性認為自然界的一切變化與人類的活動是息息相關，秉持著這個理念，《廣志繹》所寫多是人文活動的現象，分析自然與人文之間的相互因果關係。這裡的「造化之變」指的是自然環境及變遷，而「人情物理、悲喜順逆之遭」則是意味著環境與人文現象的變化。在這種思想的主導之下，他注意到了地理環境影響人類活動甚鉅，人地思想就是由此衍生而出。

王士性的人文地理考察正是他獨到之處，有鑒於自從《漢書・地理志》以來，在地理的記載方面多半注重於疆域政治區域的沿革記載，少有提及文化、經濟、風俗、人地關係論述的研究，究其原因，乃是偏重於文獻的考證與口耳相傳，並無真正的實地考察。王士性認為地理分析必須要「皆身所見聞也，不則寧闕如焉」，而非是「藉耳為口，假筆於書」的寫作態度（《王士性地理書三種・廣志繹・自序》）。如此才能真正對於所見的事物和現象進行分析，做出對人文地理的精闢判斷。

王士性的觀察主要在於自然環境對於人文活動的相互關聯，他認為這二者有著密不可分的關係，如：一個旅行者初到一個陌生之地時，最直接明顯感受到的是氣候、地形以及植物，因其地域環境往往是影響人民生活甚鉅的一個環節，而王士性對於這樣的人地之間的互動分析，頗具條理，如：

東南饒魚鹽、秔稻之利，中州、楚地饒漁，西南饒金銀礦、寶石、文貝、琥珀、硃砂、水銀，南饒犀、象、椒、蘇、外國諸幣帛，北饒牛、羊、馬、贏、羢氈，西南川、貴、黔、粵饒楩枏大木。江南饒薪，取火於木，江北饒煤，取火於土。西北山高，陸行而無舟楫，東南澤廣，舟行而鮮車馬。海南食魚蝦，北人厭其腥，塞北人食乳酪，南人惡其羶，河北人食胡蔥、蒜、韮，江南畏其辛辣。而身自不覺。此皆水土積習，不能強同。（〈廣志繹•方輿崖略〉）

自然環境的差異導致了各地物產的不同，不同的地方產出不同的農作物，人民通常是就地取材為多，且多因地制宜來選擇職業，選擇利於自身的地理環境來發展，王士性認為生活習慣的不同乃因「水土積習」，身處其環境中不自覺，乃因地理環境所致，這是不能勉強而得的。

王士性的遊記寫作主要有三個面向，一為自然景觀的描寫；一是人文地理的記載；一是理論的歸納，也是《廣志繹》此書的重點所在。在王士性的遊記中，人文景觀所佔比例極大，自然景觀書寫反而是次之。重視人文景觀的寫作方式在中國歷代以來是少見的，與公安、竟陵的小品遊記、徐霞客考察型遊記有所不同的是：王士性遊歷過後，用歸納的方式來書寫當地民情風俗，進而延伸到分析自然環境影響人類的生活習慣，並提出個人的觀點。

透過王士性對於人文地理上的記載，再加以今日的地理兩相對照，使我們明白四百多年來自然環境與人文現象的變化。因此，我們可以知道，王士性的旅遊不僅是純然的山水漫遊，以詳實的紀錄筆法，分析歸納地理現象，將旅遊的層次又提升到另一層面，漸漸地往實用之學邁進。

（三）深度之遊

《徐霞客遊記》以日記體的形式來創作，雖非創新，但以長篇書寫的方式突破前人的短篇遊記書寫，既是日記，又是遊記。首重山川地形的記載，次為人文景觀。結合了「經世致用」的實學精神，丁文江先生稱其為「樸學之真祖」（《徐霞客遊記》），由此可見得，《徐霞客遊記》並非是小品遊記的寫作方式，客觀、記實、探奇是遊記的寫作重點，若以其內容來看，則可視為地理學之作。總體來說，《徐霞客遊記》的出現不僅只是由個人的興趣、志向、毅力所決定，將他放在晚明的社會背景來看，李時珍《本草綱目》、徐光啟《農政全書》、方以智《物理小識》，以及宋應星《天工開物》，這些科學巨著的出現代表著「實證」精神的興起，雖然《徐霞客遊記》的寫作初衷，並非是以成為地理著作為目的，但其遊記內容、方法，都是合乎科學考察精神的。

在徐霞客的遊記中，首先反映了各個地理環境不同所形成的職業特點，居民的職業選擇，與當地的產物來源有相互因果的關係，浙江臨安楮塢村多產楮樹，居民的職業也多和楮樹有關，因而「家家以楮為業」（《徐霞客遊記・浙遊日記》）的情況普遍可見。又如衡山縣以北地區產煤，徐霞客記載：「界北諸山皆出煤，攸人用煤不用柴，鄉人爭輸入市，不絕於路。」（《徐霞客遊記・楚遊日記》）衡山縣以北盛產煤礦，當地居民以煤為燒炊原料，也以煤為收入來源。又如衡山縣處於湘江上游，每年二三月大魚溯江而上產卵，故「土人俱於城東江岸以布兜圍其沫，養為魚苗，以大艑販至各地，皆其地所產也。」（《徐霞客遊記・楚遊日記》）無論是以楮為業，或是煤礦、魚苗，這些都可說明了生產的項目與生產習俗，與自然環境有密切的關係，這也呼應了王士性主張的人地關係論，只是徐霞客並未將這些現象提升到理論的層面，僅以紀實的筆法寫出。

此外，雖然可將《徐霞客遊記》視為是地理學的書寫，但其內容是介乎文人遊記與地志書寫之間，它並非像方志只記載疆域沿革而已，而是兼有文人的筆調以及文學性的書寫，以文學的語言來描寫地貌特徵，如在〈遊雁蕩山日記〉描寫雁蕩諸峰的奇絕：「危峰亂疊，如削如攢，如駢筍，如挺芝，如筆之卓，如幞頭巾之欹傾。洞有口如卷幕者，潭有碧如澄靛者。」（《徐霞客遊記・遊雁蕩山日記》）以譬喻的手法來寫雁蕩山勢的形狀，如筍之尖削，如筆之挺立，用文學的語言來寫山川風貌，是徐霞客將文學與地學結合起來的最佳例證。既有文學的語言，又有地志的實用價值，堪稱為古今遊記之奇。

在《四庫全書總目提要》中對《徐霞客遊記》有一段評論是說：「黔滇荒遠，輿志多疏，此書於山川脈絡，剖析詳明。」（《四庫全書總目提要》）在四庫館臣的眼中看來，《徐霞客遊記》對於當時被視為偏遠的黔滇之地有詳實的記載，遊記中對於風土民情的記載多集中於西南之遊時，可見對於徐霞客來說，他以一個比較新奇的心情來記錄西南的生活紀實，長期生活在柔媚風光的江南，黔滇對他來說似乎是另一個截然不同的國度，在每種事物都是「新奇」的情況之下，自然對於當地的生活情況會更特別去書寫。

有別於晚明文人的遊記寫作方式，《徐霞客遊記》以日記體的形式詳述其遊歷過程，遊記內容多涉及的是親眼所見的景象，這與晚明文人的小品遊記寫作形式截然不同，小品遊記的寫作不外乎是主觀的心情描寫，對於景物的記載是其次，漫漫之遊是其特性，晚明小品文家只是專心、熱情地去遊玩、遊賞，其遊記內容少有涉及文獻與史料的記載問題，他們在乎的是遊玩時的興致，如袁宏道獨愛以審美的眼光來寫景物，遊記偏重於審美性，獨抒性靈的風格也恰如其分的反映在遊記上。

三　餘論

從以上敘述可知，晚明時期的旅遊活動是多元化且呈現出大眾化的趨向，無論是袁宏道、鍾惺以性靈遊之，或是王士性與徐霞客的人文深度旅遊，我們皆可以視為是以「身」親歷之、以「心」領會之的旅遊形式。而其遊記所呈現出來的風格，也不同於騷人墨客的寄寓之感，反而帶給了讀者不同的感受，也讓我們能夠以另外一種閱讀的樂趣，來重新認識遊記此一文類，而不決然地將之置於「以景抒情」、「托物言志」的場域語言之上。

或許我們可以說：促成晚明時期旅遊活動的興盛，是有其必然的社會條件所促成的，如：經濟條件的發達、物質社會概念的形成、水陸交通的發達……等，但其在遊記的寫作風格以及關注焦點之上，確實是走出了不同於前朝的道路，甚至我們可以說是開創了遊記寫作的新格局。

而在文人的旅遊形式之上，也漸由單純的山水娛樂之上，轉變為有意識地進行地理考察，王士性與徐霞客的旅遊形式有別於他人賞玩山水的態度，而是真正將自身投入自然之中，探討大自然的奧秘以及深訪民間，其遊記著作內容多涉及地理實學方面的記載，因此，探討此二人的遊記內容可得知遊記的書寫形式，如何從單純的山水描繪書寫方式，再與地理景觀、人文現象接軌，這樣的旅遊型態，實是遊記文學史上一個嶄新的寫作面向。

李姿瑩／暨南大學通識教育中心兼任講師

明清飲食文學

我國的飲食文化歷史悠久，其中除了雅俗兼備的文化品味外，同時還包含了豐富多彩的食物品類，舉凡燔、炰、炙、煮、蒸、燜、煎、釀、醃、臘、脯或膾等，的確是類別豐富，然而在這當中也隱含了我國飲食文化方面的學問及藝術美學。若從歷史的發展上來看，從先秦的《詩經》、《禮記》、《周禮》和《儀禮》中就有不少雅士們品嚐美食的記錄，然而當時代越往後推移，城市經濟日漸繁榮發達，進而也促使了社會階層庶民生活的進步，首要的當然就是有關平日的衣、食、住、行的知識與品質，就飲饌而言，其中包括了食材的類別，烹調的技巧，菜色的搭配，營養與味覺的講究等，這些雖屬瑣事，但卻是平日大家關注的重要課題。再而對比一些文人雅士們平日在宴飲應酬時，常將美饌佳餚做為寫作的內容，於是漸漸便拓展出一種新文類－飲食文學，其內容頗為可觀。

袁枚的飲食美學
——以《隨園食單》為例

一　前言

我國的飲食文明，歷來都被世界各國所稱道，由於中華文化歷史悠久，飲食材料樣式多元豐富，烹飪技術發達精湛，不論是燔、炰、炙、煮、蒸、燜、煎、釀、醃、臘、脯、膾、醬漬、或酒漬等都各有不同的烹飪方法，名饌佳餚，內容豐富，由於飲食文化發展的歷史長遠，同時也開發出了各時代，或各地方的飲食特色，從最原始的方式開展到最精美的色、香、味俱全的美饌，這些求美、求雅的講究，其實是豐富了烹飪美學，也提升了人們對飲食的藝術水準，由於我國飲食文化的歷史悠久，所以也孕育出不同的烹調學，但是至於這方面的學問，可能就要涉及到後來的所謂烹飪技術方面的問題了，我們在這裡主要的是探討清代時期有關袁枚飲食方面的美學知識，尤其是以《隨園食單》為主，以下大致分為背景與來源、袁枚的的飲食之道、《隨園食單》的飲食美學等加以探討和考察。

二　背景與來源

袁枚，字子才，號隨園老人，他是清代有名的文學家，在金陵小倉山建造了一座取名隨園的地方，做為平時著書及授徒的居所。他除了從事詩文著述外，又喜愛研究飲食，所以後來他將有關飲食的烹調及理解撰寫成《隨園食單》，收錄在《隨園全集》中。或許有人要問，袁枚編著這部食單的意義是什麼？關於這點，袁枚在該書的序中有提到，說：

> 詩人美周公而曰：「籩豆有踐」，惡凡伯而曰：「彼疏斯皐」。古之於飲食也，若是重乎！他若《易》稱鼎亨，《書》稱鹽梅，〈鄉黨〉、〈內則〉瑣瑣言之。孟子雖賤飲食之人，而又言飢渴未能得飲食之正，可見凡事須求一是處，都非易言。

在這段文字中，意思是說詩人讚美周公「碗盤杯碟，排列成行」，也就是誇讚他治國有方，但是討厭周幽王的權臣凡伯就說：「該吃粗糧，卻吃細糧」的批評，從這裡也可見古人對飲食是有多麼的重要！至於其他如《易經》和《尚書》也提到烹飪及味道，《論語》中的〈鄉黨〉、《禮記》中的〈內則〉同樣都有談到飲食的事情，再而又如孟子，他雖是輕視飲食，可是又說飢渴不能吃出飲食的正味等，從以上所列舉的例子看來，凡事都要說好，並不是太容易的事。

袁枚在《隨園食單》中整理出了幾個重要的飲饌食單類別，如：〈須知單〉、〈戒單〉、〈海鮮單〉、〈江鮮單〉、〈特牲單〉、〈雜牲單〉、〈羽族單〉、〈水族有鱗單〉、〈雜素菜單〉、〈小菜單〉、〈點心單〉及〈飯粥單〉等共十四個部分，就整個食單的類別及內容，大致集合了我國烹調之大成。同時也可說已對我國的飲饌文化開始了系統性的研究，且對飲食文化的承先與起後的發展歷史奠定了基礎。

就飲食文化的發展及轉變來看，從早期的農業社會到後來人口的流動，生活條件的改善，地方經濟的開發，國民從早期溫飽型朝小康型的轉變，相對的也帶動了一般大眾在飲食上的調整或要求，至於在飲食的烹調技藝方面，由於人們生活品質不斷的提昇，飲食類型逐漸多元，講究品味，烹調技術，廚者的作料、調劑、配搭、火候、色臭、器具等都有了新一面的注意和要求。

三　袁枚的飲食之道

袁枚對於飲食之道，我們在閱讀《隨園食單》時，除了瞭解他在編撰食單時是經過細心探訪，蒐集烹調配方，最後才彙輯成書。他認為「學問之道，先知而行，飲食亦然」（見《隨園食單・須知單》），做學問之道，首先要弄懂之後才再做，同樣的飲食也是如此，烹調的技術、食材的篩選、菜色的搭配、火候的控制等，他都做了深入的分析，以研究學問的態度和精神去考察飲食方面的理論，由此，我們可以發現在食單中的各章節的文字內容都是嚴謹詳細。

在袁枚的《隨園食單》內容中，當提到有關各項須知要點時，他都有獨到的見地，考察詳實，不落入俗套。關於這一點，他在〈戒落套〉中就提到，詩以唐詩最佳，但是五言八韵的試帖，各家都不選它，這是什麼原因呢？因為它太落俗套。引伸到飲食問題，同樣的倘若是落入俗套的話，那麼同樣的也是令人討厭的，在這裡他舉了一個例子，說：

> 如今官場上的菜，名號有「十六碟」、「八大碗」、「四點心」之稱，有「滿漢席」之稱，有「八小吃」之稱，有「十大菜」之稱。種種俗名，都是不好的廚師造成的陳規陋習。這些僅只能用於新親上門、上司入境等場合，敷衍一下。如果講究實用那就不行了。他認為這些落俗套的飲食菜餚都應改進，創造出符合實際需要的食物。

除此之外，對於菜餚的味覺知識，他有獨到的看法，提倡本味、獨味，反對魚翅、海參同燒、蟹粉、雞、豬為伍，以致各不得其味的情形。另外，他還特別強調像雞、豬、魚、鴨，它們都各具有本味，可以獨自成菜。同時他也提到，例如在食物中的鰻魚、鱉、蟹、鰣魚、牛或羊等，這些都必須單獨烹調食用，主要的原因是它們的味厚鮮濃，足夠成為獨一特色的菜餚。

在烹調的技巧，食材的選用、食材的搭配、菜色的設計及美感的呈現，廚者自身的應有的正確態度和道德修養等，在袁枚的食單烹飪理論中都有相當深入的討論和分析。例如其中有一項談到「菜色」問題，在「臺鯗煨肉」一節中就說：「鯗不佳者，不必用。」因為鯗容易爛，必須先把肉煨到八分熟，然後再加鯗，如果放涼了，就變成了「鯗凍」，由此可見袁枚對煨肉的烹飪時的關注程度。

袁枚飲食之道在關注的類別上，不論是海鮮類或江鮮，特牲或雜牲，羽族或水族等，他都很詳實的考察其特性，在烹調時應注意的調配方式。除海鮮類的烹調技巧外，在《隨園食單》中令人驚訝的是他提到「蜜火腿」這道菜，他說：

火腿好醜、高低判若天淵。雖出金華、蘭溪、義烏三地，而有名無實者多。其不佳者，反不如醃肉矣。

又如：

黃芽菜煨火腿時應注意：

用好火腿，剝下外皮，去油存肉，先用雞湯將皮煨酥，再將肉煨酥，放黃芽菜心，連根切段，約二寸許長，加蜜、酒釀及水，連煨半日。

我們讀到這裡，深深感到袁枚對烹調飲食的技巧、調劑及味道的寡淡濃厚，清鮮爽口等，他都謹慎掌握，絲毫不可大意、隨意！

四 《隨園食單》的菜色風味

袁枚在寫《隨園食單》前，就花了約四十年的時間到處蒐集美味的製作配方以及理論。所以在的自序中，他說：「四十年來，頗集眾美。有學就者，有十分中得六七者，有僅得二三者，亦有竟失傳者。」從這裡可以瞭解，袁枚只要在別人家中嚐到美食，一定會問清楚烹調法，將配方彙集起來，加以保存，但是從袁枚主要活動環境的關係看來，其中菜餚明顯是江浙菜的色彩較多，而收錄的菜色中有多種是遵循古法烹飪的，比如：倪瓚的雲林鵝、醬薑、糟肉、糟雞、紅煨羊肉以及芙蓉豆腐等，於是在《隨園食單》的菜色配方，袁枚在蒐尋彙集方面，除了古法菜色外，還含括了當時所謂一、官家菜，二、商賈、士人、市井美味，三、地方菜色與特產等。

所謂官家菜，這是指袁枚與當時在官場上宴飲應酬，於各府所見的菜餚美食，如：

1. 錢觀察家的芥末、雞汁拌冷海參絲和神仙肉。
2. 蔣侍朗家的豆腐皮、雞腿、蘑菇煨海參、蔣雞、蔣侍朗豆腐等。
3. 楊中丞家的鰒魚豆腐、焦雞、楊中丞豆腐、西洋餅等。
4. 莊太守家的鰒魚煨整鴨等。
5. 龔雲若司馬家的煨烏魚蛋、問政筍絲等。
6. 尹文端公的家風肉、蜜火腿等。
7. 揚州謝蘊山太守的煨豬裹肉片。
8. 楊蘭坡明府家的楊公圓、南瓜肉拌蟹。
9. 揚州朱分司家的紅煨鰻。
10. 山東楊參將家的全殼甲魚。

以上所列為官家菜中的部分較具特色風味者，之外尚有當時袁枚所結識的商人、名流文人以及坊間流行的佳餚美味，如：

1. 粵東陽明府的冬瓜燕窩。
2. 吳道士的魚翅。
3. 郭耕禮家的魚翅炒菜。
4. 吳小谷廣文家的爊煨肉和煨茄。
5. 水西門許店的挂滷鴨。
6. 杭州商人何星舉家的乾蒸鴨。
7. 杭州西湖上五柳居的醋摟魚。
8. 南京承恩寺的大頭菜。
9. 曉堂和尚所製牛首腐乾。
10. 蘇州都林橋的軟香糕。

從這些佳餚食單中可看出袁枚平日對飲食文化的關心，其次在菜單的內容中不只重視葷食，同時也注意到了素食及甜點，如醬菜、糕餅之類。至於袁枚所提及的地方菜色特產，他列舉了一些，例如：

1. 滿州的跳神肉。
2. 紹興地方的臺鯗煨肉、鯗凍和紹興酒。
3. 江西的粉蒸肉。
4. 鎮江的空心肉圓。
5. 杭州的連魚豆腐、醬炒甲魚、鱔麵等。
6. 金陵的心白雪片。
7. 武夷山的茶。
8. 常州的陽羨茶、蘭陵酒。
9. 洞庭的君山茶。
10. 山西的汾酒等。

所臚列的都是屬具有地方特色的菜餚，並且還附帶提到了地方上的山茶與酒類，在《隨園食單》中所包括的菜色品類，從前面所列舉者到各地方極具特色的風味的菜餚，就可知袁枚對飲食文化方面的深層研究及博廣的認識！

五　結語

袁枚對飲食烹調特別注意，並且將自身四十年來的飲食經驗與心得，一一記錄下來，結集成《隨園食單》。在清代有關飲食烹飪的著作很多，但是若提及在內容方面，表達得比較正確的飲食觀和美學概念的話，而《隨園食單》應該是最為重要，同時也是一部在分類上較系統性的飲饌研究專書。

書中蒐錄了〈須知單〉、〈戒單〉及其他相關的海鮮、特牲、雜牲、羽族及水族中有鱗、無鱗等的烹調技巧，並且將江南地區飲食的多樣性及奢華情形表達在《隨園食單》的菜色飲饌風格上面。袁枚的貢獻不僅是將江南地區追求飲食的多樣情形紀錄了下來，更重要的是將一些流傳民間著名菜餚及烹調技巧留傳下來，讓我們瞭解了當時江南一帶的官家、名流文人及坊間的飲食樣貌，以及一些傳統烹飪的品味特色。即使到了今天西式烹調飲食大量在坊間流行，但是袁枚在《隨園食單》中所留下來的飲饌風味特色、烹調技巧、調理方法等在中國食譜類型中，還是有它獨有的風格及價值的地方！

余崇生／臺北市立教育大學中國語文學系副教授

從明清飲食文學看現代的飲食藝術

一　前言

「民以食為天」，飲食是一種文化、是學問、也是藝術。每個國家、地方都有其當地食物的文化涵義。然而，就我國的飲食文學而言，早從先秦的《詩經》、《禮記》、《周禮》和《儀禮》中，就記錄著飲食的文化。自古喜好品風茗月的文人雅士不僅將他們所品嘗的美食記錄下來，也將帝王將相到尋常百姓對於食材的挑選、食物如何烹調，都有詳細的記載。

宋元以來，城市經濟發達，促使飲食業史無前例的繁盛，到了明清時代，江南鼎盛，繁榮的商業，刺激了人們的生活欲望，提高了生活水準，最為明顯的就是滿足人們口腹之欲的飲食方面的講究，於是我們見到士大夫們的飲食論著日益完備，不論是在烹飪理論或烹飪技藝，都使得飲食更為講究細緻，高濂、張岱、袁枚、陸容、陸樹生、徐渭、屠隆、陸廷灿、紀曉嵐、蒲松齡等文人雅士，均在飲食文學上歌詠推波，有著不可或缺的貢獻。

明清關於飲食的論著很多，各種專著多種多樣，作家於作品中的理念主張、飲食創意與生活觀，在中國飲食史上具有承前啟後的價值意義，其中的飲食生活藝術，就今日看來有的雖不合當今的潮流趨勢，但有些觀念仍經得起時代變遷的考驗，讓我們得以穿越時空，貼近明清文人的飲食風雅。以下就分「注重輕食、食療與養生」、「強調審美意境的飲食生活」、「籌組結社，以食聯誼」和「珍惜食材，感恩惜福」四點分述之。

二 注重輕食、食療與養生

晚明的社會背景，造就文人雅士對於養生文化的提倡，當時普遍的風氣是從食物中發掘滋補、食療的作用。與李時珍同時期的才子何良俊認為：「美食必以安身、存身為本。」他說：「修生之士，不可以不美其飲食。所謂美者，非水陸畢備異品珍饈之謂也，要在生冷勿食，堅硬勿食，勿強食，勿強飲。」（《四友齋叢說》卷三十二）穆雲穀在《食物纂要》中也強調飲食要知所節制，因為「知節則自然可以身心俱泰。」（《晚香堂小品》卷十）而高濂則在他兼具養生與美學思想的鉅作《遵生八箋》中強調食療與養生的理論。書中不但注重五味調和的補養原則，也強調飲食要有所節制。

這些文人也主張飲食要清淡，除了高濂在《遵生八箋．飲饌服食箋》中說：「日用養生務尚淡薄，勿令生我者害我，俾五味得為五內賊，是得養生道矣。」（《遵生八箋．飲饌服箋．自序》）還有洪應明在《菜根譚》中說：「肥辛甘非真味，真味只是淡。」萬曆的進士祝世祿在《祝子小言》中也說：「世味釅，至味無味。味無味者，能淡一切味。淡足養德，淡足養身，淡足養交，淡足養民。」飲食原本是強健體魄的「養人」，但若飲食不當，就會變成戕害身體的「害人」。當時不但重視口味清淡，也推崇蔬食，這樣的飲食時尚被多數人認為是養生修身的根本。

具有生活藝術家與飲食科學家特質的袁枚在〈色臭須知〉中說：「求香不可用香料，一涉粉飾，便傷至味。」他認為過多的香料或調味料只會破壞原本食物的美味。他是一個實踐者，三十三歲辭官後，於江寧購置了隋氏廢園，改名為《隨園》，整治屋宇和庭院後，還將庭院成為自產食材的土地，他在庭院種植了梅花、月桂、竹子等可食用的植物，自給自足，將天然食材融入了藝術趣味。於是，得以讓我們見到袁枚結合前人的美食經驗，以及他四十年的飲食體會，歸結出烹飪心得的劃時代巨著《隨園食單》。

值得一提的是，連一代名妓董小宛也精心收集各地的菜譜，將蒲、藕、筍蕨、鮮花、野菜、枸、蒿、蓉和菊花等，也都加以利用成為食材。

愛好養生蔬食的李漁說：「論蔬食之美者，曰清、曰潔、曰芳馥、曰鬆脆而已矣。不知其至美所在，能居肉食之上者，只在一字之鮮。」（《閒情偶記》卷五）這裡強調食物的清淡美味，正好符合現代醫學界所證明的採用蔬食的飲食方式，是健康養生，又能有效降低各種肥胖所引起的疾病風險。

現代人生活忙碌，缺乏運動，易造成肥胖，飲食的養生觀念開始滋生，有人開始講究食材，選擇輕食食材，也要兼顧營養均衡，或用天然食材入菜料理，希望美食可以無負擔。

曾任多次國宴的知名大廚阿基師鄭衍基也認為，健康蔬食是最經濟實惠的身體環保菜餚，選用當地和當令食材，簡單易學，又能響應節能減碳愛地球，還能降低疾病風險，阿基師還強調其營養成份高，不輸給大魚大肉，既自然，又環保，最重要的是有益身體健康。（http://www.nownews.com/2010/08/05）

三　強調審美意境的飲食生活

袁枚認為：「學問之道，先知而後行，飲食亦然。」於是作〈須知單〉，他在〈器具須知〉中強調餐桌的視覺美感：「古語云：『美食不如美器。』……惟是宜碗者碗，宜盤者盤，宜大者大，宜小者小，參錯其間，方覺生色……大抵物貴者器宜大，物賤者器宜小。煎炒宜盤，湯羹宜碗，煎炒宜鐵鍋，煨煮宜砂罐。」這裡說的是食物的擺盤藝術，碗盤裝盛菜餚是一種不可忽視的藝術，食物要安放在合適的器皿中，對於食物才會有所加值，因為人是視覺感官的動物，就食物而言，視覺會帶領嗅覺和味覺。吃是一種形而上的藝術，整個飲食的用餐過程，食物的美味與擺盤的藝術，都會帶來絕美的享受。

高濂在《遵生八箋》中也提出了具審美意境的供膳美學的飲食生活，不但要求烹調技法所展現的菜餚色、香、味俱全，甚至在「茶藝」上也重視茶的種類與水質的選擇，還有講究的飲茶步驟，這些都營造出飲食生活的美感呈現。

由此，再來看看二〇一〇年的美食展，在國內餐飲觀光界龍頭——嚴長壽的操刀下，首度推出「臺灣美食國際化」的「試展」，嚴長壽要讓臺菜不僅「好吃」，還要「好看」，透過美學的整體思考，全面提升全感覺的饗宴。徹底顛覆擺盤方式，盛裝食物的器皿、用餐的環境都是要從其舊有文化進行提升，「讓吃飯搭配古樂演奏，喝茶可以欣賞書法，呈現全新的感受。」（2010-08-06http://life.chinatimes.com）

可見雖然時代不同，人們對於飲食的水平要求，卻有著相同的美學期待。

四　籌組結社，以食聯誼

在明清文人的眼中，宴會飲食不僅是品嚐美食，還在於人際的交流。志同道合的老饕聚會，以食聯誼，以酒會友，當時的吃會、酒社遍佈大江南北。

張岱的祖父張汝霖所寫的《饕史》，就是在杭州組織「飲食社」，團友們對各種美味佳餚進行研究與品嚐的結果；張岱〈西湖七月半〉：「小船輕幌，淨幾暖爐，茶鐺旋煮，素瓷靜遞，好友佳人，邀月同坐……此時月如鏡新磨，山複整妝，湖複頮面。向之淺斟低唱者出，匿影樹下者亦出，吾輩往通聲氣，拉與同坐。韻友來，名妓至，杯箸安，竹肉發……月色蒼涼，東方將白，客方散去。吾輩縱舟，酣睡於十里荷花之中，香氣拘人，清夢甚愜。」（選自《說庫》本《陶庵夢憶》）由此可見，明代文人聚會同歡，杯子筷子擺放好，美食當前，開懷暢飲，利用以食聯誼的活動以及對美食的傾心，凝聚社團的力量。成長於物產豐富的江南的張岱，後來修訂《饕史》而成《老饕集》，就是編纂各種食譜，總結歷代烹飪經驗而來。

對於各種飲食相當講究的張岱，對於螃蟹更是情有獨鍾。每年到了十月，張岱就會和朋友兄弟輩組成「蟹會」，專門舉辦吃蟹的活動，在他的〈食蟹〉記載著：

> 食品不加鹽醋而五味全者，為蚶，為河蟹。河蟹至十月與稻粱俱肥，殼如盤大，中墳起，而紫螯巨如拳，小腳肉出，油油如。掀其殼，膏膩堆積，如玉脂珀屑，團結不散，甘腴雖八珍不及。一到十月，余與友人兄弟立蟹會，期

於午後至，煮蟹食之，人六隻，恐冷腥，迭番煮之，從以肥臘鴨、牛乳酪、醉蚶如琥珀，以鴨汁煮白菜，如玉版；果瓜以謝橘、以風栗、以風菱，飲以玉壺冰，蔬以兵坑筍，飯以新余杭白，漱以蘭雪茶。

每一個朋友分得六隻螃蟹，為免螃蟹冷了發腥，就輪番煮食。佐菜有肥臘鴨、牛乳酪、如琥珀的醉蚶，用鴨汁煮，如玉版的白菜；水果有謝橘、風栗、風菱；飲用玉壺冰，蔬菜有兵坑筍，飯用新餘的粳白米，用蘭雪茶漱口。對於吃蟹的研究成果，都記載於此，還在主持的「蟹會」中說螃蟹的美味「真如天廚仙供」。（《陶庵夢憶・蟹會》）

除了張岱以外，袁枚也有許多女弟子，愛好舉行詩文酒會與大型小型的宴席，這些活動都讓袁枚積累了相當豐富的烹調製備與供膳經驗，而提供了《隨園食單》裡的豐富素材。

這樣的美食聯誼會在現今仍是提供老饕們的最佳交流平臺。舉例來說：美國有「華府美食聯誼會」，由華府美食家、海珍樓餐廳老闆擔任會長協力推廣中華美食；在臺灣也有「大臺北餐飲聯誼會」是一個提升美食生活暨廚藝技能的社團，期望透過教學相長的團隊力量，擴大國際視野。

五　珍惜食材，感恩惜福

袁枚在《隨園食單．戒暴殄》中批評：「暴者，不恤人功；殄者，不惜物力。」「假使暴殄而有益於飲食，猶之可也。暴殄而反累於飲食，又何苦為之？」是很值得現代人警戒借鑑。文中還進一步提到了：「至於烈炭以炙活鵝之掌，刺刀以取生雞之肝，皆君子所不為也。何也？物為人用，使之死可也，使之求死不得不可也。」這段話講到了人們為了滿足口腹之欲而造業障，是不可取的。龍遵敘在《飲食紳言》一書中也強調「戒奢侈」、「戒多食」、「慎殺生」、「戒貪酒」，可見明代就有相當進步的飲食觀。

阿基師在二〇一一年擔任臺灣展國內廚藝競賽評審時，發現廚餘桶內有完整食材遭丟棄，當場教訓參賽者要有「廚德」，不能浪費食材。他認為：只要浪費食材，即便烹調技術再好，都稱不上是優秀廚師！他強調食材和廚師的關係密切，浪費食材不僅沒廚德，也顯示廚師無法精準掌控烹調分量，並呼籲要將參賽者的「廚德」納入評分標準。阿基師對於珍惜食材的強調正呼應了以上袁枚與龍遵敘的說法。

當時阿基師從廚餘桶裡拿起龍蝦頭看仔細，表示那被丟棄的龍蝦頭其實還能拿來熬湯；還有一次代言嘉義縣健康蔬食料理活動時，阿基師教導大家將吃剩下的果皮菜屑和水，以一比三的比例，就可以熬煮成不含添加成分，又具營養價值的素高湯，期勉大家要珍惜食材。這樣的「惜福愛物」又符合了〈戒暴殄〉中說的：「雞、魚、鵝、鴨，自首至尾，俱有味存，不必少取多棄也。嘗見烹甲魚者，專取其裙而不知味在肉中；蒸鰣魚者，專取其肚而不知鮮在背上。至賤莫如醃蛋，其佳處雖在黃不在白，然全去其白而專取其黃，則食者亦覺索然矣。」真正優質的廚師要善用每一種食物的美味，物盡其用，珍惜食材。

現代人物質不虞匱乏，更應該要懷著感恩之心，尤其未來可能面臨全球糧食短缺的恐慌，更應該要珍惜食物，不可貪食無厭，暴殄天物；節制飲食，有助養生，還能環保減碳。

五 結語

中國的飲食文學博大精深，淵源流長，飲食不僅只是滿足生理的需求，重點還在滿足心理的需求，所以，飲食是一種具有文化的美學，古今皆同。

本文所討論的明清飲食文學，可見古人的飲食智慧與文化品味是身心靈兼具的。不僅在飲食強體的觀念外，還格外「注重輕食、食療與養生」，也強調充滿詩情畫意「審美意境的飲食生活」，還利用「籌組結社，以食聯誼」，將追求快樂人生的情趣，融入飲食活動，提高並交換烹飪的技藝，而且呼籲「珍惜食材，感恩惜福」，在在提高了飲食的文化品味，也成為現代人在飲食上的學習圭臬。

我們可以從現代的飲食觀點，重新審視明清飲食文學的立論精髓與借鑑價值，並賦予新世紀飲食文學全新的體會，在傳統與現代的新舊觀念的消長與更新中，將飲食結合藝術、人文與美學的新元素，造就新飲食文化在日新月異變化中的倫理思考。

陳碧月／實踐大學博雅學部教授

張岱〈蘭雪茶〉中的茶事意象

一　前言

明代的飲茶文化十分蓬勃，除了講究實際的茶事活動外，也朝向人文精神和生活美學提升。這樣的飲茶之道也反映在文學藝術的創作中，使明代在茶詩、茶文、茶譜、茶書、茶畫等方面，都留有豐富精彩的作品。此外，許多詩文家本身就是茶道愛好者，明末張岱也是著名的品茶藝術家，甚至創製了特殊茶種，張岱不僅將之命名為「蘭雪茶」，更在《陶庵夢憶》中，留下一篇同名小品文〈蘭雪茶〉，收錄於《陶庵夢憶》卷三。

張岱（1597-1689），浙江山陰（今紹興）人，字宗子，又字石公，號陶庵，又號蝶庵。清軍入關後，家道中落，雖然「布衣蔬食，常至斷炊」，但張岱仍守持遺民風範，著述不輟。其作品流傳至今者，有《陶庵夢憶》、《西湖尋夢》、

《瑯嬛文集》、《石匱書後集》、《史闕》、《明紀史闕》等。除了史學上的成就，張岱更被譽為「晚明小品聖手」。

本文主要就張岱〈蘭雪茶〉一文，透過文中所記述之茶源、焙製、用水、烹煮、茶器、品評等方面，賞味張岱透過蘭雪茶所展現的茶事意象。

二　蘭雪茶之「源」

中國境內的各大茶區，由於土壤、海拔、氣候、品種、植法、採製等條件的不同，所產之茶都有獨特的風味，宜予考辨。明代羅廩的《茶解》，即首論茶葉的產地來源，而訂下「一之原，其茶所出」的條目。張岱所創製的蘭雪茶，實採自日鑄，再用松蘿茶的焙法做成。〈蘭雪茶〉中寫道：

> 日鑄者，越王鑄劍地也。茶味棱棱，有金石之氣。歐陽永叔曰：「兩浙之茶，日鑄第一。」王龜齡曰：「龍山瑞草，日鑄雪芽。」日鑄名起此。

文章開篇先介紹了日鑄地名的由來，及其原產茶的風味，再引歐陽脩、王十朋等人的說法，印證日鑄茶的品質和名氣。許次紓在《茶疏》中論「產茶」時，曾提到一些明代盛行的名茶，其中就包括「歙之松蘿」和「紹興之日鑄」。而張岱決定選用日鑄茶加以改良，還有一段緣起，文中提到：

> 三娥叔知松蘿焙法，取瑞草試之，香撲冽。余曰：「瑞草固佳，漢武帝食露盤，無補多欲；日鑄茶藪，『牛雖瘠僨於豚上』也。」遂募歙人入日鑄。

早在陸羽的《茶經》中，越州（今浙江省紹興一帶）、歙州（今安徽省歙縣一帶）等地，就歸屬於浙西、浙東的重要茶區。其中，日鑄雪芽產於紹興會稽山日鑄嶺一帶，因其芽形細尖，遍生白色毫毛而得名，宋代時就被列為貢茶，由於張岱的研發，後來也被稱為「蘭雪」。另外，產自安徽省休寧縣的松蘿山的松蘿茶，製法精妙，清香撲鼻，一向是「遠邇爭市，價倏翔湧」（馮時可《茶錄》），甚至自明代至今皆盛傳此茶具有療效，袁宏道亦曾評論：「近日徽人有送松蘿茶者，味在龍井之上，天池之下。」（〈龍井〉）張岱認為，若以龍山瑞草嘗試松蘿焙法都能收到不錯的效果，那麼，「茶藪」日鑄，應該有更好的製茶原料，故而招募歙人前往日鑄，用松蘿茶之製法改良日鑄茶。

談到「茶之源」，除了重視選以製茶的原料之外，張岱也認為，品茶時也同樣當知此茶產地。〈閔老子茶〉中就記載了一段有趣的對話：

余問汶水曰：「此茶何產？」汶水曰：「閬苑茶也。」余再啜之，曰：「莫紿余，是閬苑製法而味不似。」汶水匿笑曰：「客知是何產？」余再啜之，曰：「何其似羅岕甚也。」汶水吐舌曰：「奇！奇！」（《陶庵夢憶》卷三）

由此足證，張岱確實精於品茶的行家，這段文字也顯示出，在飲茶之際，了解茶的產地與製法，才能喝出箇中門道。

三　蘭雪茶之「製」

找到品質良善的茶葉，還得進一步透過高妙的製茶技術焙炒。羅廩《茶解》

曾道：「靈草處處有之，但人不知焙植，或疏於製度耳。」如此一來，就枉費好原料了。蘭雪茶是以松蘿茶的研製方法予以炒焙與保存，文謂：

杓法、掐法、挪法、撒法、扇法、炒法、焙法、藏法，一如松蘿。

張岱在文中簡要記錄了焙製與收藏蘭雪茶的幾道工序，留下了珍貴的資料。關於松蘿茶的採製技術，在明代聞龍的《茶箋》中曾載：「茶初摘時，需揀去枝梗老葉，惟取嫩葉，又需去尖與柄，恐其易焦，此松蘿法也。炒時需一人從旁扇之，以祛熱氣，否則色香味俱減。予所親試，扇者色翠。令熱氣稍退，以手重揉之，再散入鐺，文火炒乾入焙。蓋揉則其津上浮，點時香味易出。」這段記錄提到了製作松蘿茶時，於炒茶的過程中，還需同步扇冷，後再經手揉與烘焙等工序，可與〈蘭雪茶〉所記，互為補充。

四　蘭雪茶之「水」

品茶必先擇水，因為水源的地氣、深淺、流速，與水質的清濁、軟硬、甘苦等，都會影響沖泡出來的茶香及茶味，因此，選用合適於某種茶葉的水，就變得很重要。正所謂：「精茗蘊香，借水而發。」（許次紓《茶疏》）這也是歷來品茗者亦多論泉的原因。此外，南宋陸游同樣是紹興人，他曾留下以名泉品日鑄茶的詩句：「囊中日鑄傳天下，不是名泉不合嘗。」（〈三游洞前岩下小潭水甚奇取以煎茶〉）。張岱在〈蘭雪茶〉裡也描述了茶與泉的關係：

> 他泉瀹之，香氣不出。煮禊泉，投以小罐，則香太濃郁。

禊泉是紹興名泉之一，它曾經因被掩蓋而消失，後來由於張岱無意間的發現，才又重見天日。《陶庵夢憶》就收有〈禊泉〉一文：

> 甲寅夏，過斑竹庵，取水啜之，磷磷有圭角，異之。走看其色，如秋月霜空，

> 嘆天為白。又如輕嵐出岫，繚松迷石，淡淡欲散。余倉卒見井口有字畫，用帚刷之，禊泉字出，書法大似右軍，益異之。試茶，茶香發，新汲少有石腥，宿三日，氣方盡。辨禊泉者，無他法，取水入口，第橋舌舐齶，過頰即空，若無水可嚥者，是為禊泉。（《陶庵夢憶》卷三）

文中除了記載發現禊泉水的過程及其水質特色外，也提到善於品茶鑑水的張岱，如何運用此泉試茶以及辨識的方法。

五 蘭雪茶之「烹」與「器」

茶之烹沏，牽涉到茶葉用量、火候、水溫、力道、緩急、久暫等層面。蘭雪茶之烹法，除了強調水溫的冷熱、等待的時間、沖瀉的力道等功夫外，還佐以香花。〈蘭雪茶〉云：

> 雜入茉莉，再三較量，用敞口瓷甌淡放之，候其冷，以旋滾湯沖瀉之。

也就是先以褉泉煮出少許濃茶，接著投入茉莉花浸泡，待放涼後，再用滾水沖瀉調和。張岱在蘭雪茶沖泡時，加入茉莉花，以助於帶出茶香。關於以花作茶的起源，在南宋時，就有用茉莉焙茶的記載。雖然茶有原本自身的香氣，但有時微添香花，能有助於茶香。（參見蔡襄《茶錄》）可見，蘭雪茶濃淡合宜的清香滋味，並非隨意得之，而是透過褉泉、茉莉的搭配組合，加上「候其冷，以旋滾湯沖瀉之」等溫度與時間上的控制，才得以展現出來。

關於茶器的選擇，張岱使用「敞口瓷甌」，文中也記錄道：

取清妃白，傾向素瓷。

將以清泉所泡出來的茶湯，盛裝至素色的瓷杯中，十分有利於品茶者欣賞其淡雅的湯色。明代品茶雖會搭配各種材質與顏色的茶器，但也認為素瓷頗宜於觀茶色，屠隆即謂：「瑩白如玉，可試茶色，最為要用。」（《考槃餘事》）許次紓也曾說：「茶甌古取建窯兔毛花者，……其在今日，純白為佳。」（《茶疏》）為襯托出蘭雪茶淺黃而透明的茶色，素瓷茶甌應該是最合適的選擇。張岱在〈閔老子茶〉一文裡，也提到瓷甌：

> 導至一室，明窗淨几，荊溪壺，成、宣窯瓷甌十餘種，皆精絕。燈下視茶色，與瓷甌無別，而香氣逼人，余叫絕。

明憲宗成化年間和明宣宗宣德年間所燒製的瓷器，多為精良的青花瓷，當張岱被閔汶水引導到一個窗明几淨的茶室中時，可以想見，光是欣賞陳列於室的十多種高級瓷甌，就是一大享受，更何況是燈下視茶色、嗅其香。由此可見，張岱及其茶友對於茶器的選擇很講究，絕不馬虎，好茶自然應以好茶具盛裝，以聞其香、觀其色。

六　蘭雪茶之「品」與「名」

張岱精於品鑑茶道，首先，在挑選日鑄雪芽為蘭雪茶來源時，他曾評論：

日鑄者，越王鑄劍地也。茶味稜稜，有金石之氣。

其以稜稜茶味與金石般的茶氣形容，不但道出日鑄茶的特點，也十分應合日鑄原乃吳越時期鑄劍之地的地理特質。所謂佳茗需要「色、香、味三美具備」（羅廩《茶解》），張岱對蘭雪茶香氣、茶湯色澤的形容與品評，可說是〈蘭雪茶〉一文最受到矚目的段落，文章寫道：

他泉瀹之，香氣不出。煮禊泉，投以小罐，則香太濃郁。雜入茉莉，再三較量，用敞口瓷甌淡放之，候其冷，以旋滾湯沖瀉之。色如竹籜方解，綠粉初匀，又如山窗初曙，透紙黎光。

他除了評斷蘭雪茶的香氣，會隨泉水而有所不同外，在湯色的描摹上，更是寫得如在目前，使人想見杯中那淡雅明亮的澄黃色，真如透入紙窗的初昇曙光。

此外，文中又說：

取清妃白，傾向素瓷，真如百莖素蘭同雪濤並瀉也。雪芽得其色矣，未得其氣，余戲呼之「蘭雪」。

一句「如百莖素蘭同雪濤並瀉」，說明了張岱為此茶起名的來由，「素蘭」、「雪濤」不僅呼應茶色之妙，以此為茶命名也的確十分雅致。不過，張岱同時也提出，以日鑄雪芽茶來改良研製，雖然茶色不凡，但終究未得松蘿之茶氣。

七　蘭雪茶之「流」

自此經過四、五年之後，蘭雪茶的發展「一鬨如市」。或許當初誰也沒有料想到，蘭雪茶竟會蔚為風尚，襲捲茶界，甚至超越了仿其製法的松蘿茶。張岱說：

四五年後，蘭雪茶一鬨如市焉。越之好事者，不食松蘿，止食蘭雪。蘭雪則食，以松蘿而纂蘭雪者亦食，蓋松蘿貶聲價俯就蘭雪，從俗也。乃近日徽歙間松蘿亦改名蘭雪，向以松蘿名者，封面係換，則又奇矣。

蘭雪茶風行之後，不僅浙江紹興一帶的飲茶之士都改喝蘭雪茶，原本價格不斐的松蘿茶竟因而貶值，最後連正宗松蘿茶都改名為蘭雪，這樣的發展與現象，確實在茶史上添了奇特的一筆。

惜張岱於晚年家破後，生活十分貧窘，他甚至在《瑯嬛文集》有一詩題云：

見日鑄佳茶，不能買，嗅之而已。

指的就是由他精研焙法並命以雅名的蘭雪茶。然而，因遭逢喪亂世代，佳茶雖仍如往昔清香，唯今阮囊羞澀，也僅能「嗅之而已矣」。不過，張岱也在詩末寫道：「學取蔡君謨，此心不得侈。」以自我勉慰。

八 結語

張岱在〈蘭雪茶〉一文中，將各種茶事意象十分有次第的予以陳述。先就日鑄其地及所產之雪芽茶，交代「茶之源」；其次說明「茶之製」，即借鑒松蘿茶的研製方法加以焙藏；其三以品茶人深厚的鑑識力，特選紹興斑竹庵的禊泉為「茶之水」；其四為「茶之烹」，記述獨到的烹茶方式；其五則是選用利於欣賞茶湯的素色瓷甌為「茶之器」；其六針對蘭雪茶的香氣和湯色進行「茶之品」，並就「茶之名」解釋蘭雪茶起名之由；最後再就「茶之流」，敘述蘭雪茶聲名大噪的發展。

飲茶向來是清心悅神之雅事，隨著中國歷代茶文化的演進，更把它從尋常飲食帶向茶道藝術。本文處處由茶事活動體現茶理與審美情趣，例如：從品茶的過程以及應合茶品特質的命名，展現雅興；而精心選擇的茶源、泉水、茶具等，和十分考驗功夫的烹茶技巧，也都顯示出時人對飲茶藝術的講究。最重要的是在茶道中，還蘊含著追求和諧的精神。如何在茶事的種種細節之間，找到最合宜的搭配，確是一門學問，如蘭雪茶與禊泉、茶中雜入茉莉、淡黃茶湯與敞口素瓷等，使人理解到，飲茶也是在追求和體驗色、香、味中的協調。透過張岱之筆，不但留下了蘭雪茶的相關文獻，藉此亦或可管窺明代飲茶文化與茶事小品文之一斑。

九　附錄

張岱〈蘭雪茶〉全文

日鑄者，越王鑄劍地也。茶味棱棱，有金石之氣。歐陽永叔曰：「兩浙之茶，日鑄第一。」王龜齡曰：「龍山瑞草，日鑄雪芽。」日鑄名起此。京師茶客，有茶則至，意不在雪芽也。而雪芽利之，一如京茶式，不敢獨異。三娥叔知松蘿焙法，取瑞草試之，香撲冽。余曰：「瑞草固佳，漢武帝食露盤，無補多欲；日鑄茶藪，『牛雖瘠僨於豚上』也。」遂募歙人入日鑄。扚法、掐法、挪法、撒法、扇法、炒法、焙法、藏法，一如松蘿。他泉瀹之，香氣不出。煮禊泉，投以小罐，則香太濃郁。雜入茉莉，再三較量，用敞口瓷甌淡放之，候其冷，以旋滾湯沖瀉之。色如竹籜方解，綠粉初匀，又如山窗初曙，透紙黎光。取清妃白，傾向素瓷，真如百莖素蘭同雪濤並瀉也。雪芽得其色矣，未得其氣，余戲呼之「蘭雪」。四五年後，蘭雪茶一哄如市焉。越之好事者，不食松蘿，止食蘭雪。蘭雪則食，以松蘿而纂蘭雪者亦食，蓋松蘿貶聲價俯就蘭雪，從俗也。乃近日徽歙間松蘿亦改名蘭雪，向以松蘿名者，封面係換，則又奇矣。

陳佳君／國立臺北教育大學語文與創作學系副教授

明清之癡茶趣聞

一　前言

清・張潮（1650-？）〈幽夢影〉說：「花不可以無蝶，山不可以無泉，石不可以無苔，水不可以無藻，喬木不可以無藤蘿」人呢？「不可以無癖」，千古以來，愛茶、喝茶、鬥茶、喫茶，一向是風雅之士的共同癖好，寫不完的茶詩，道不盡的茶經，說不了的以茶會友的韻事，精於此道者，自唐宋以來，多少茶情萬種，一一體現了當時的社會、文化、文人的生活之樂，寄情之趣。

茶與文人間的互動，最明顯就是在茶詩、茶詞、茶文、茶對聯、茶畫、茶帖、茶小說……等茶藝文學中，從唐、宋、金、元、明、清到今日，茶的詩詞至少超過兩千首以上，加上《茶經》、《茶史》等專著，茶文化真是斐然大觀。

二 文人品茗之文獻紀錄

最早專門歌吟茶事的文學作品是晉・杜育《荈賦》，文中從茶葉的種植到飲用過程的沖泡、茶具的擇選、泡出來的茶的樣貌姿態，都一一表述無遺。唐人飲茶之風，最早始於僧家，所謂「茶禪一味」的典故，源自唐代名僧趙州和尚從諗（西元778-897年），那句著名的偈語——「吃茶去」。《指月錄》曰：「有僧到趙州從諗禪師處，僧曰：『新近曾到此間麼？』曰：『曾到。』師曰：『吃茶去。』又問僧，僧曰：『不曾到。』師曰：『吃茶去。』後院主問曰：『為甚麼曾到也云吃茶去，不曾到也云吃茶去？』師召院主，主應諾。師曰：『吃茶去。』」

這樣的禪偈顯示茶與人民生活緊密相連，唐代茶聖陸羽（西元733-804年）自小被竟陵（湖北・天門）的智積和尚收留，離了山門，在凡世間喝茶、愛茶、寫茶，最後專心研究茶，寫《茶經》、稱茶聖，他寫茶性如寫人品：

> 不慕黃金盿，不慕白玉杯。
> 不慕朝入省，不慕暮入臺。

唯慕江西水，曾向竟陵城下來。

陸羽不慕黃金寶物，高官榮華，所歆羨的只是想用江西的流水，用以浸泡一壺好茶。將品茶人格化，使品茶成為精神的修養和歷練，人品、思想鎔鑄在飲茶的精髓之中。

詩人白居易兩千八百首詩作中，談到茶的就有六十首，終身以茶為伴，一天到晚茶不離口，即使病中還動手碾茶、勺水、候火、下末……「綠牙十片火前春，湯添勺水煎魚眼，末下刀圭攪麴塵。」他以擅長辨別茶的好壞的「別茶人」自居，更一心要自己製茶，曾在廬山香爐峰處，蓋一座草堂，闢一圃茶園，期待終身悠遊山林，品茗山泉所泡的茶葉，以林間野鹿為友：「長松樹下小溪頭，斑鹿胎巾白布裘；藥圃茶園為產業，野鹿林鶴是交遊。」白居易的友人元稹，有一首很特別的有關茶的寶塔詩，既道出茶的功用，又談及烹茶及賞茶的過程，詩的形式由一字、二字、陸續遞增疊覆到每句七字，巧思與創意，可說茶詩之經典：

茶
香葉，嫩芽。
茶詩客，愛僧家。
碾碉白玉，羅織紅紗。
銚鐺黃蕊色，碗轉曲塵花。
夜後邀陪明月，晨前命對朝霞，
談盡古今人不倦，將至醉後豈堪誇。

另有唐代詩人盧仝愛茶成癖，其〈走筆謝孟諫議寄新茶〉中，娓娓道出喝茶的妙處，膾炙人口，堪稱一絕，他說：

一碗喉吻潤，二碗破孤悶。三碗搜枯腸，惟有文字五千卷。四碗發輕汗，平生不平事，盡向毛孔散。五碗肌骨清，六碗通仙靈。七碗吃不得也，唯覺兩腋習習清風生。

喝茶喝到感覺成仙，怕是茶中的咖啡因可以使大腦產生興奮作用、茶中的鹽基、茶鹼等，也都含有強心的作用，讓他超然物外，有飄飄欲仙之感。

三 品茗之豐富與多樣

品茗風氣在宋代蔚為風氣，連宋徽宗趙佶對茶事也頗精通，曾撰寫《大觀茶論》，當時的流行的茶事活動，在此僅略舉三項，其一是鬥茶，又叫「鬥茗」、「茗戰」。即比賽茶的優劣好壞，本是為每年春季新茶製成後，茶農、茶人們評比新茶優劣的一項活動。後來逐漸成為古時有錢有閒的文人雅士的一種「雅玩」之樂。寫鬥茶之趣最有名的一是范仲淹〈和章岷從事鬥茶歌〉與唐庚〈鬥茶記〉。范仲淹除說明鬥茶的生長環境及採製過程，再敘述建茶的悠久歷史，後說明熱烈的鬥茶場面，不但鬥味還要鬥香，色、香、味的品茗標準，不但公正且在眾目睽睽下進行。

另一項是活水烹茶，如北宋・蘇軾的〈汲江煎茶〉，描寫詩人在月明之夜，親自用大瓢子汲取江水以烹茶的情趣：「活水還須活火烹，自臨釣石汲深清；大瓢貯月歸春瓮，小杓分江入夜瓶。雪乳已翻煎處腳，松風忽作瀉時聲；枯腸未易禁三椀，臥聽山城長短更。」一幅江水邊、明月夜下的煎茶風情，蕩漾於心。

還有就是茶令、分茶等茶戲的創發，酒有酒令，茶也有茶令，「茶令流行於江南地區。飲茶時以一人為令官，飲者皆聽其號令，令官出難題，要求人解答執行，並依據做到與否，以茶為賞罰。」（《中國風俗辭典》）其中李清照與夫趙明誠在「酒闌更喜團茶苦」的生活中，兩人志趣相投，愛「分茶」的遊戲，最為有名的就是「賭書戲分茶」的雅興，二人常在飯後之餘，坐在「歸來堂」上，賭書戲茶，以某典故出自哪本書的第幾卷、第幾頁甚至第幾行，以決勝負。

分茶，是北宋初陶穀《荈茗錄》中「茶百戲」的游藝。他說：「茶至唐始盛，近世有下湯運匕，別施妙訣，使湯紋水脈成物象者。禽獸蟲魚花草之屬，纖巧如畫，但須臾即就散滅。此茶之變也，時人謂茶百戲。」是指「碾茶為末，注之以湯，以筅擊拂」，這時，杯盞面上的湯紋、水脈會幻變出種種圖樣，若山水雲霧，狀花鳥蟲魚，恰如一幅幅水墨圖畫，故有「水丹青」之稱。

茶道至此，可說是達到極致，茶坊、茶肆及茶酒店之多，從鬥茶、茶令、分茶、煎茶的百種趣味，茶種類如泡茶、薑茶、寬煎葉兒茶、梅湯、和合湯、醒酒湯、醒酒二陳湯的多樣化；茶果、茶食點心、細食、乾果、蜜餞煮或沏成的飲料等的講究；茶餅可考炙，去除水分，然後將餅茶碾成粉末狀，再行刷選，將茶細末放到開水中去煮；還可將餅茶考炙後，敲碎碾成細末，將細末先入盞，加入少許開水，攪拌調勻後，再注入更多的開水，並以特製的工具擊打、調湯至理想狀態；團餅茶的造型又窮極精巧，各式各樣的龍鳳團茶，是上貢朝廷的珍品，看出當時茶道蔚為大觀。

四　明人品茗之大觀

宋人喝茶講究養生與配上藥材，追求滋味的添加果品。到了明代，當時市井小民，喝茶與文人雅士飲茶崇拜自然天趣，清雅純樸的飲茶方式不同。如《金瓶梅》中為我們描繪了一幅明代中後期市井社會的飲茶風俗畫卷，以花果、鹽薑、蔬品入茶佐飲，表現出市井社會「雜飲」的特殊性，如第七十二回潘金蓮烹了一盞濃濃豔豔，芝麻、鹽筍、栗系、瓜仁、核桃仁夾春不老海青拿天鵝、木樨玫瑰潑鹵、六安雀舌茶，西門慶剛呷一口，美味香甜，滿心欣喜。從這兒可以看出，他們所喜的濃茶並非純茶烹製而成，需加入許多的佐料。這是城鎮市井商人所崇尚的吃茶樂趣。

明人可以花果入茶，明・顧慶元《茶譜》謂：「木樨，茉莉，玫瑰，蘭蕙，橘花，梔子，木香，梅花皆可以作茶。諸花開時，摘其中含半放蕊之香氣全者，量其茶葉多少，摘花為茶」；還可以鹽薑入茶，乃唐宋之飲茶遺風，特別是在北方地區更為流行。《金瓶梅》第五十四回，西門慶請任醫官為李瓶兒看病，先是一種薰豆子撒的茶，又換了一種鹹櫻桃的茶，這些茶中的佐料不論是鹽筍，薰豆子還是鹹櫻桃都是浸鹽醃製後直接入茶的；又可以蔬品入茶，這裡的蔬品主要是一些芝麻、豆類、筍乾、野菜等物。《金瓶梅》第三十五回，夏提刑拜訪西門慶時，西門慶以木犀青豆泡茶招待。另外還有「嚼飲」，《金瓶梅》有一種茶，很特別，叫做香茶，不是喝的而是嚼的。香茶是以茶葉末配豆蔻、沉香、白芷、薄荷、冰片、甘草等香料藥材碾碎後熬膏，製成的餅狀食物。如第四回寫西門慶與潘金蓮燕好完畢，即向袖中取出銀穿心金裹面，盛著香茶木樨餅兒來，用舌尖遞送與婦人。「香茶」在當時應該非常昂貴，非一般人用的起，身為西門慶的寵妾，潘金蓮也需跟他索取。

中國人飲茶以清飲為主要方法是從明代開始分眾。如花草茶是用茶葉與花進行組合，使茶葉吸收花香而製成的香茶，北方人稱之為香片。另一種就是「純飲」，如《金瓶梅》中提到飲用純茶即不入雜物的茶葉，在第二十一回「吳月娘掃雪烹茶，應伯爵替花勾使」中，當時天降大雪，西門慶及家中眾婦人在花園中飲酒賞雪，吳月娘驟生雅興，下席來叫小玉拿著茶罐，親自掃雪，烹江南風團雀舌芽茶，與眾人吃，正是「白玉壺理翻碧浪，紫金杯內噴清香」。從白玉壺中的碧浪和紫金壺中的清香，可以看出江南風團雀舌茶是用來烹煮的純茶，不加任何佐料。

茶在當時與人民生活息息相關，從明代開始，娶妻多用茶為聘禮，女子吃茶，就算定親了。表示了明人對茶禮之重。明．郎瑛《七修類稿》中謂：「種茶下子，不可移植，移植則不復生也。故女子受聘，謂之吃茶，又聘以茶。又聘以茶為禮者，見其從一之義。」因此李漁（1611-1680年）小說《奪錦樓》第一回「生二女連吃四家茶，娶雙妻反合孤鸞命」中，說魚行老闆錢小江與妻子邊氏，生得兩個標緻的女兒，夫婦卻不同心，各自到處招女婿，結果兩個女兒，吃了四家的茶。「吃茶」，是指女方收了聘禮。

以茶會友結下茶緣，如明末清初的蜀人張岱（1597-1689），是一位以「茶淫」為樂的茶道專家，在《瑯嬛文集・茶史序》及《陶庵夢憶・閔老子茶》中，津津樂道與茶高人閔汶水「不打不相識」的相識經過，從仰慕到莫逆於心的知己的過程。說道：

> 老子大笑曰：「予年七十，精飲事五十餘年，未嘗見客之賞鑒如此之精也；五十年知己，無出客右，豈周又老（周墨農）諄諄向余道山陰（張岱故鄉）有張宗老者，得非客乎？」余又大笑，遂相好如平生歡，飲啜無虛日。

兩個雅愛品茶的人，互相慕名已久，卻始終緣慳一面。終於有機會至南京一趟，「抵岸即訪閔汶水於桃葉渡」，一份迫不及待的興奮，卻因汶老不在，好不容易等他回來了，汶老又藉故以拿拐杖為由，匆匆離去。張岱從日晡（下午三至五時）

等到起更（夜間九點左右）時分，抱定了「今日不暢飲汶老茶，決不去」的決心；這分精誠，終於感動了故意為難、試探他的閔汶水。

最後汶老在發覺茶道高人來此的大喜之下，立刻就「速如風雨」的去生火煮茶，手法的乾淨俐落，已經顯示出他對此道的不凡。最後在歡笑聲中，發現了對方，而相互成為摯友，那分情誼，如茶一般，盈溢著耐人尋味的清芬。

五　清人品茗之癡趣

清代文人品茗更兼雅趣，以汲取新雨為尚，認為雨水是五穀的精華，用來烹茶最雅，或以冷泉泡茶，或以露水又名「天酒」烹茶，君王如乾隆最講究露水，乾隆皇帝夏天常到承德避暑山莊避暑，喜歡收集太平湖中荷葉上的露水烹茶，認為勝過天下第一泉的玉泉山泉水。

《紅樓夢》中，寶玉也屬愛茶雅士，〈夏夜即事〉詩云：「倦繡佳人幽夢長，金籠鸚鵡喚茶湯。窗明麝月開宮鏡，寶靄檀雲品御香。」〈秋夜即事〉末二句：「靜夜不眠因酒渴，沉煙重撥索烹茶。」〈冬夜即事〉詩云：「女兒翠袖詩懷冷，公子金貂酒力輕。卻喜侍兒知試茗，掃將新雨及時烹。」品香、烹茶、試茗、掃新雨、及時烹都是生活中不可或缺的閒情雅趣。

寫賈母等在妙玉那裡喝茶，更令人大開眼界：「只見妙玉親自捧了一個成窯五彩小蓋鐘捧與賈母。賈母道：『我不吃六安茶。』妙玉笑道：『這是老君眉。』賈母接了又問：『是什麼水？』妙玉道：『是舊年蠲的雨水。』賈母便吃了半盞……」後來，妙玉又拿出了「古玩奇珍」的茶杯來，其中一隻還刻著「王愷珍玩」四字，另有「宋元豐五年四月眉山蘇軾見於密府」小字，用的水是五年前儲藏的「梅花上的雪水」，還說：「隔年蠲的雨水，那有這樣清醇？如何吃得！」在這樣的環境中細品慢飲這樣的茶，真是充滿著詩情畫意。

又如清代著名小品文作家張潮《中冷泉記》文中，記載著當時號稱「天下第一泉」的金山寺中，有一口中冷泉井，為當時來燒香拜神的香客備茶。一位飲茶高人道士說，這並非是真正的冷泉，帶著他踏上嶙嶙的亂石，走至山頂一面石壁間，青苔下有幾行字，說明真正的中冷泉，是在郭璞墓間，在子午兩個時辰，以特製的銅瓶，拴住長的繩索，緩緩放下至郭璞墓間的石窟汲取。為此，張潮還跟著道人乘著夜行船，到了閏州去尋覓郭璞墓，在江心石堆中，見黑幽幽石窟，道人高呼：「這是中冷窟啊！」這段如實的記錄，真把當時文人風雅的癡勁，娓娓道出，有趣至極！

古人愛荷花的幽香，有半夜划船到荷塘裡收集荷葉上的露珠煮茶，以荷香天泉入茶，最浪漫的莫如沈復妻子陳芸在《浮生六記・閒情記趣》中，巧手慧心的以茶置花心，最讓人心動：

> 夏月荷花初開時，晚合而曉放。芸用小紗包撮茶葉少許，置花心。明早取出，烹天泉水泡之，香韻尤絕。

夏天時候，荷花初開，荷花的花瓣在夜裡是合起來的，到第二清早才張開。心思靈動的陳芸，會在前一天黃昏，用紗布包裹些許茶葉，趁花瓣未閉時，將紗包輕置花心，夜裡花瓣一合，便將茶葉紗包裹進去，茶葉在花瓣中吸足一夜荷花的幽香，第二日清晨花瓣再度張開時，陳芸即取出紗包，以天泉雨水煮茶。這樣的茶，不但充滿荷香，入鼻沁心，這份巧思與情韻，也夠教人回味無窮。

以茶為癖的清代著名書畫大師鄭板橋，一生最大的樂趣就是以畫會友、以茶待客，以茶品茗談心，在各色茶葉珍茗中，他的最就是愛「色如翡翠、香如蘭蕊」的松蘿茶，說起松羅茶，可是一段茶中奇緣。

原來蘇州玉泉街口總鋪「珍茗齋」，是當時康熙年間蘇州最大的徽州茶商程羽宸開設的茶號，是所有三十九處店中的旗艦店，可說是茶類最全、規模最大的名茶大觀園，成了鄭板橋消憂解悶的最佳去處，日復一日，程羽宸開始對這舉止不凡，光看不買的年青人感到好奇，便上前問：「先生為何每日來店只看茶不買茶？」鄭板橋笑著回答：「卑人雖愛茶如命，然囊中羞澀，故只能一看二問，以解茶癖。」程羽宸見板橋談吐不差，便道：「愛茶者即與我有緣，贈家鄉土產松蘿，請君鑒嘗。」鄭板橋一品飲後，清新香醇，真如臨蘭室聞香之感，就對色重、香重、味重的松蘿茶倍加讚賞，立即取來紙筆繪就一幅《石竹圖》回贈店主。從此，兩人心心相融，結為知己。

其後程羽宸勉勵他：「勿墜青雲之志」，並「慷慨解囊資助千金」，使鄭板橋能與金農、黃恒等著名畫家交友出遊廬山，又北上京師至焦山書院，潛心攻讀詩書三年，直到西元一七三六年（乾隆元年）鄭板橋從焦山赴京會試，一舉得中進士。

自雍正八年第一次在玉泉街「珍茗齋」與鄭板橋相識，一直到一七六三年中秋，板橋先生七十大壽時，兩人四十年的交往，四方好友紛至遝來，當時，板橋先生特地用程羽宸饋贈的休寧松蘿，款待賓朋老友，並即席吟誦了：

不風不雨正晴和，翠竹亭亭好節柯，
最愛晚涼佳客至，一壺新茗泡松蘿。

茶清香、友誼淳，美妙詩句，友誼長存，贏得了滿堂喝彩，更將壽宴歡愉達到了高潮。

六　結語

茶文化在中國已經是深植千年，與文學作品、文人生命早已契合一處，滋生茁壯不分彼此，現代人即使依循古法，遵循喝茶之道，但是，一份晏然，重然諾的茶品，茶花幽然於杯間，載沉載浮間，保有一絲青綠，一片完葉，追求真正淨純的天上之水，永享悠然神往之適意，對匆匆過客的現代人而言，唯有心嚮往之。

錢奕華／聯合大學華語文學系助理教授

吃得儉樸，儉樸地吃

——明清文人飲食書寫中對儉樸的提倡

進食是人類每天都會花時間做的事情，也是維持生命的必要活動。食材的等級、料理的繁複程度，通常與飲食者的經濟能力、社會地位有密切關聯，經濟能力越好、社會地位越上層，在飲食方面，也越講究。然而，除了充飢、飽腹的基本功能外，食物還予人視覺、嗅覺、味覺的感官享受，甚至形成生命中難以磨滅的記憶，帶有情感的烙印。如著名的人類學家 Sidney W. Mintz 便認為：「人類的飲食絕對不是『純生物性』的行為。入口的食物，都包含了吃下它的人的種種過去；而用來取得、處理、烹調、上桌、消耗食物的技術，也全因文化而異，背後各有一段歷史。」（《吃：漫遊飲食行為、文化與歷史的金三角地帶》，藍鯨出版公司，2001 年 7 月）

一 對飲食的重視

中華文化源遠留長，在飲食方面，大至思想性的指導原則，小至吃些什麼、怎麼吃、在什麼時候吃、在哪裡吃，乃至於吃的時候所使用的餐具，都有所講究。歷史上對飲食的重視，可以從國之重器「鼎」開始一探究竟。「鼎」原是一種用來煮肉的炊器，傳說大禹以九州所進貢的青銅鑄了九個鼎，每個鼎上還刻有該州的山川地勢。九鼎集中置放於夏王朝的都城陽城，象徵禹是九州的共主，王權的代表。夏朝滅亡後，商代興起，其後周代商而立，也都將九鼎遷到各自的都城，誰擁有了這九鼎，就表示誰掌握了天下。以食器為國之重器，除了用來做鼎的青銅本身是極為貴重的金屬，只有當時的貴族使用得起以外，另一方也是因為以天下各地的青銅所製成的用來烹煮食物的器具，象徵著掌握天下百姓賴以維生的飲食，所謂「民以食為天」，能夠讓百姓吃得飽，活得下去，自然就是讓百姓甘心服從、擁護的政權。

二　孔子的飲食原則

對中華文化影響很大的儒家代表人物，以「老者安之，少者懷之，朋友信之」為其志向的孔子，對於飲食也有自己的見解：「食不厭精，膾不厭細。食饐而餲，魚餒而肉敗，不食。色惡，不食。臭惡，不食。失飪，不食。不時，不食。割不正，不食。不得其醬，不食。肉雖多，不使勝食氣。惟酒無量，不及亂。沽酒市脯不食。不撤薑食。不多食。祭於公，不宿肉。祭肉不出三日。出三日，不食之矣。食不語，寢不言。」（《論語・鄉黨》）我們在看這這段話時，如果能夠回到孔子的時代，替孔子設想，便知道孔子對於吃進嘴裡的食物有這麼多要求，除了對於「禮」的自我要求外，還有對於健康的注重。孔子那個時代醫療並不發達，對現代人來說的小病小痛，在那時都有可能是致命的重疾，吃了有問題的食物，等於是拿自己的性命開玩笑。孔子重視食物本身的新鮮度，強調有節制的飲食，並認為吃東西的時候就專心吃東西，不要講話，除了具有養生的智慧外，也充滿了對於「食物」本身的尊重，並透露出孔子認真生活的態度。

三 明代的飲食風氣

距離孔子的時代約一千九百年的明代，是歷史上少見的富強時代。雖自太祖朱元璋開國起，便有意提倡儉樸，「筵會無珍異之設」，但隨著社會日漸安定，經濟開始復甦，宮廷的各項日趨奢華，各級官員、貴族乃至於士大夫、一般百姓，也由儉樸轉為奢侈。在各種消費上，如住宅、服飾、慶典、各種用品，都以追求奢靡、誇耀炫富為目的。就飲食方面來看，萬曆年間首府張居正父親去世，他奉旨歸葬，路上飲食每餐料理超過百品，「居正猶以為無下箸處。」（焦竑《玉堂叢語》，卷八〈汰侈〉）民間如有宴會，所用菜餚，也務求繁多，「水路畢陳」，「一會之費，常耗數月之食。」（萬曆《嘉定縣志・疆域考・風俗》卷二）士大夫階層也不能免俗，每次宴會，事前必費時數日準備，確保酒、食、果物都是高級食材，種類珍稀，數量上能擺滿桌几，才能發出請帖，避免被人視為「鄙吝」。以當時的物價推算，一兩銀子辦一桌酒席，大概能置辦菜餚百盤，但當時士大夫的宴會，普遍花費兩三兩，高至十幾兩、甚至上百兩，奢侈的風氣，由此可見。

四　對飲食無度的反對

在這樣耽溺、放縱的風氣裡，仍然有些人能夠保持著自身的儉樸，並不愚昧地投入這樣的競賽中，反而標榜清淡簡單的飲食與生活。如宋應星便認為：「適口滋甘是處生，酸鹹得訣有餘清。何須越國求真錯，殉欲傷身長嗜萌。」（《宋應星佚著四種．憐愚詩》）他說，只要酸鹹得宜的食物，就有其清雅的味道，無須花費大筆金錢、精力去追求希罕的東西，因為這樣的舉止與追求得來的食物，其實都是對身體的殘害。一些著名的文人，也紛紛提出反對飲食無度、浪費食物的言論。如明代最著名的養生書籍《遵生八箋》便說：

> 飲食所以養生，而貪嚼無忌，則生我亦能害我，況無補於生，而欲貪異味，以悅吾口者，往往隱禍不小。意謂一菜，一魚，一肉，一飯，在士人則為豐具矣，然不足以充清歌舉觴，金匏銀席之燕。但豐五鼎而羅八珍，天廚之供亦隆矣，又何俟搜奇致遠，為口腹快哉？吾意玉瓚瓊蘇與壺漿瓦罐，同一醉也；雞蹠熊蹯與糲飯藜蒸，同一飽也。醉飽既同，何以侈儉各別？人可不知

福所當惜。（《遵生八箋‧飲饌服食箋》）

《遵生八箋》以「遵生」為主旨，從「清修妙論」、「四時調攝」、「起居安樂」、「延年卻病」、「燕閑清賞」、「飲饌服食」、「靈秘丹藥」、「塵外遐舉」八個方面介紹了延年益壽的方法。在〈自序〉中，作者高濂指出，「人」乃是宇宙造化之稟賦，是以每個個體都必須珍惜自己可貴的生命，好好養護軀體，以表對天地化育的尊重。

〈飲饌服食箋〉分為上、中、下三卷，分別羅列了四百多條關於茶泉、湯品、粥糜、蔬菜等食物的做法，強調養生必須注意飲食宜忌，一方面突顯了文人的生活雅趣，一方面也表現出對飲食的重視。高濂並在當中強調，飲食可以活人，也可以害人，過度沉溺於口腹之慾，山珍海味，將有害健康。作為「士人」，在飲食上，尤其不該過分講究，應以溫飽為限，儉樸為尚。

高濂的這種提倡，在龍遵敘《食色紳言》（註：《食色紳言》一書，據《四庫全書總目提要》言：「舊本題明皆春居士撰，不著名氏。考明本《瀛奎律髓體》有成化丁亥新安守龍遵敘，自稱皆春居士，疑即遵作也。其書凡『飲食紳言』一卷，勉人戒殺；『男女紳言』一卷，勉人節欲。」）中也有類似的言論：

予嘗謂節儉之益，非止一端。大凡貪淫之過，未有不生於奢侈者。儉則不貪不淫，是可以養德也。人之受用自有劑量，省吝淡泊，是長久之理，是可以養壽也。醉濃飽鮮，昏人神志，若疏食菜羹，腸胃清虛，無滓無穢，是可以養神也。奢則妄取苟求，志氣卑辱，一從儉約，則於人無求，於己無愧，是可以養氣也，故老氏以為一寶。」（《食色紳言・飲食紳言》）

龍遵敘此言，主要就是針對當時「士大夫家酒非內法，果非遠方珍異，食非多品，器非滿案，不敢作會，常數月營聚，然後發書，風俗頹弊如是」的風尚而發。他認為，花費在飲食上的金錢不可太過，需以節儉為原則，因為節儉不但有助於德行的修養，節儉地飲食還能讓人活得長壽、有精神。他並以宋代的蘇東坡、李若谷日用不過五十錢、百錢為例，呼籲眾人花在飲食上的錢少一些，吃進嘴巴裡的食物也少一點。

明末清初著名的戲劇評論家、小說家李漁，在其著作《閒情偶記》中的〈飲饌部〉，同樣指出飲食應該以儉為原則：

聲音之道，絲不如竹，竹不如肉，為其漸進自然。吾謂飲食之道，膾不如肉，肉不如蔬，亦以其漸近自然也。草衣木食，上古之風，人能疏遠肥膩，食蔬蕨而甘之，腹中菜園不使羊來踏跛。是猶作羲皇之民，鼓唐虞之腹，與崇尚古玩同一致也。所怪於世者，棄美名不居，而故異端其說，謂佛法如果，是則謬矣。吾輯《飲饌》一卷，後肉食而首蔬菜，一以崇儉，一以復古。（《閒情偶記・飲饌部》）

在李漁的眼中，蔬菜是比肉類對人體更好的食物。「漸進自然」說的不只是食物與天地自然的關係，還包含了吃食物的人對於接近天地自然的渴望。「儉約」地吃，並不表示吃得不好，而是在儉約的飲食中盡量發覺食物本身的美味，在進食的過程裡體會平淡的的樂趣。所謂「食不多味，每食只一二佳味即可，多則腹內難於運化。若一飯包羅數十味於腹中，而物性既雜其間，豈可無矛盾也。」李漁認為一餐飯只要有一兩道好吃的佳餚即可，太多的美食，不但讓人無法好好享受美味，彼此之間的物性若是衝突，還會危害人體。這樣的說法，可說是十分科學。

〈飲饌部〉集中了李漁對飲食的態度，儉約、清淡地吃以外，李漁還注意到食材的清潔，重視飲食衛生，並強調要吃出食物的真味，同時注意進食的時機、心境。書中全面反映了他的審美思想、藝術見解，展現了明清文人獨特的文化美學。

滿清代明而立，飲食書寫的風氣延續下來，清初即出現了眾多的飲食著作。張英《飯有十二合說》，認為一次美滿的進餐需要搭配十二個條件，這十二個條件，既有主食、副食的區分，也提到了飲料，以及進食的時間、所用的餐具、所在的地點環境等。此書雖然看似非常講究飲食，但作者還是認為一般常見的豬、鴨、魚、蝦、蔬、果就有美味，無須遍求熊掌、海參、魚翅等昂貴食材，反對奢侈浮華，其中心思想，仍是以儉樸、簡約為主。

《飯有十二合說》之外，清代著名的飲膳書籍如顧仲《養小錄》、李化楠《醒園錄》、朱彝尊《食憲鴻秘》，對於飲食的奢侈浪費也都有所批評（詳細的討論可參考巫仁恕〈明清飲食文化中的感官演化與品味塑造——以飲膳書籍與食譜為中心的探討〉一文，收錄於2006年7月《中國飲食文化》1卷2期。）。然而，若問到這類書籍的代表作，仍需首推袁枚的《隨園食單》。

「隨園」是絕意仕途後的袁枚，以三百兩在南京所購得的一處園林，也是袁枚下半生悠遊流連之處。《隨園食單》匯集了袁枚一生的美食經驗，詳細記載了當時流傳的南北菜餚三百多道，具體反映了乾隆年間的飲食文化。全書分為須知單、戒單、海鮮單、江鮮單、特牲單、雜牲單、羽族單、水族有鱗單、水族無鱗單、雜素菜單、小菜單、點心單、飯粥單、茶酒單十四個部分，對於食物的製作方式、料理技術都有具體的說明。其中〈須知單〉、〈戒單〉兩單可說是全書的基本主張。在〈戒單〉中，袁枚也批評了一味追求奢華飲食的行為：

> 何謂耳餐？耳餐者，務名之謂也。貪貴物之名，誇敬客之意，是以耳餐，非口餐也。不知豆腐得味，遠勝燕窩；海菜不佳，不如蔬筍。余嘗謂雞、豬、魚、鴨豪傑之士也，各有本味，自成一家；海參、燕窩庸陋之人也，全無性情，寄人籬下。嘗見某太守宴客，大碗如缸，白煮燕窩四兩，絲毫無味，人爭誇

之。余笑曰：「我輩來吃燕窩，非來販燕窩也。」可販不可吃，雖多奚為？若徒誇體面，不如碗中竟放明珠百粒，則價值萬金矣。其如吃不得何？（《隨園食單・戒單・戒耳餐》）

袁枚以自己看過的一次宴會為例，說明主人宴客的鋪張程度，乃是以大碗盛滿了珍貴燕窩，使得來賓爭相誇讚。袁枚以為，這種貪圖食材的名貴、片面追求菜餚的名聲，其實並不是真正的飲食，只可稱為「耳餐」，也就是以耳朵作為評判菜餚好壞的好壞，並不是以嘴巴來享受食物的美味。「耳餐」之外，另有一種「目食」也在袁枚的批評之內：

何謂目食？目食者，貪多之謂也。今人慕「食前方丈」之名，多盤疊碗，是以目食，非口食也。不知名手寫字，多則必有敗筆；名人作詩，煩則必有累句。極名廚之心力，一日之中，所作好菜不過四五味耳，尚難拿準，況拉雜橫陳乎？就使幫助多人，亦各有意見，全無紀律，愈多愈壞。余嘗過一商家，上菜三撤席，點心十六道，共算食品將至四十餘種。主人自覺欣欣得意，而我散席還家，仍煮粥充饑。可想見其席之豐而不潔矣。南朝孔琳之曰：「今人好用多品，適口之外，皆為悅目之資。」余以為肴饌橫陳，熏蒸腥穢，口亦無可悅也。（《隨園食單・戒單・戒目食》）

所謂「目食」，指的是貪圖菜餚數量的多。袁枚在這裡一樣以他的親身經驗為例，記錄了他參加一個商人的宴會，會中上菜換席了三次，點心十六道，各種菜餚加起來四十多種，令人看起來眼花撩亂。然而，他在宴席中並沒有獲得滿足感，回到家之後還是自己煮粥充飢，因為宴席食物雖然豐盛，但品味不高，且不潔美。「目食」和「耳餐」一樣，追求的都是宴會的「排場」，而忽略了「食物」本身的真味，袁枚告訴人們應該要「戒耳餐」、「戒目食」的主張，字裡行間充滿了對於奢侈浪費的責備。

〈戒單〉中，尚有〈戒暴殄〉一則，說明了在料理過程中，應該珍惜食材，物盡其用，不可取少而棄多：

暴者不恤人功，殄者不惜物力。雞、魚、鵝、鴨自首至尾，俱有味存，不必少取多棄也。嘗見烹甲魚者，專取其裙而不知味在肉中；蒸鰣魚者，專取其肚而不知鮮在背上。至賤莫如醃蛋，其佳處雖在黃不在白，然全去其白而專取其黃，則食者亦覺索然矣。且予為此言，並非俗人惜福之謂，假使暴殄而有益於飲食，猶之可也；暴殄而反累於飲食，又何苦為之？（《隨園食單・戒單・戒暴殄》）

有些食材，並不是每個部分都好吃，因此有些飲食者，專吃食材的某個部位，其他的則丟棄不食，袁枚以甲魚和鰣魚為例，說明這樣的情形，很多時候都是錯的，真正的美味其實藏在被丟棄的部分裡。就算吃東西的人沒有判斷錯誤，丟棄的是食材較不好吃的部位，袁枚也覺得這樣太過浪費，並且以為在這樣的過程中，會失去用淡味來調節美味的功能。

在飽足的基礎上，追求吃得好、吃得精，乃是人之常情，然而，明清的幾位文人以他們的實際經驗告訴我們，吃得好、吃得精的同時，也可以做到儉樸而不浪費。「儉樸」雖然有時是一種限制，但恰恰是這種限制，讓人在料理食物的過程中，以發揮食物本身的味道為目的，並且讓人在吃的時候可以不過量，使得「飲食」不致於成為人體的負擔，吃得快樂的同時也維持了健康。明清文人的這種飲食提倡，頗能作為現代人的參考。

李麗美／臺北市立教育大學中國語文學系博士生

明清世情文學

明清文學的發展，若從文學史的流變來看，或許我們可以這樣理解，明朝末年，朝廷腐敗，而使得民不堪命，怨聲四起，導致多次民間起義，引起了社會的不安，時代的轉變，朝代的替換，在這當中人民表現出了轉動乾坤的最大力量，雖然如此，可是其中也蒙受深沉的危難。清朝為統一而實行了強烈的高壓手段，尤其是對知識分子來說，在他們的心理及精神上無不擠壓著多重的苦楚，再加上不少因受遺民思想影響而追究明清易代的歷史教訓，所以在這些因素的糾結下，構成了複雜的心理情緒，為了抒發這些時代風潮所造成的影響與無奈，文人作家只好以各種不同寫作方式在作品中宣洩出來，明清社會思潮多變，然對文學的影響則有一股堅韌的生命力，不論是朝審美藝術的發展，或朝悲壯、諷刺、孤憤、怪誕方面的追求，領域多元，揮灑空間寬廣，因而也替我們的文學留下了有關「世情」文學可貴的樣貌遺產！

覓死與聊生的自我掙扎

——晚明士人「自悼文學」所反映的世情文化

一　前言

中國古代眾多文體中，自悼詩文可謂為極特別的主題寫作，它可以充分反映出作者對自我人生的的理解及對生死的態度。有學者針對中西文化傳統與心理差異，對「挽歌」做過研究，認為中國人受儒家思想影響之故，輒為倚重生存的事實，對死後世界及靈魂觀念較為淡薄，人們的思維多局限於對「生」的考慮，面對死亡的生發，則是置身在睹物傷情，企盼亡人返生的可能；西方則不然，他們是將「死亡」當作是生命的目的，生而為死，生乃辛苦耕耘，死則是喜悅收穫和平安享受。不同的文化背景，形成對「離世」思維情態的不同，也因此，多情主觀的民族性，使得中國的悼亡文學，總是哀傷悲鬱的多。

二 歷代「自悼文學」的內容

初期「悼亡文學」的主題寫作，多是情傷親人至友的辭世，但隨著社會環境和人們心態的改變，性質上也有了一些變化。世道險峻，動輒得咎，戰亂頻仍，朝不保夕，個人的命運不可豁免的掉入偃蹇顛沛的政治漩流中。很多文人即在這種詭譎情境中，寫下了「自挽歌」，例如息夫躬的〈絕命辭〉。夫躬於哀帝時入仕，「數危言高論，自恐遭害」（《漢書・本傳》），遂寫下悲憤激切的詩句：「玄雲泱鬱將安歸兮，鷹隼集橫厲鸞徘徊兮」；又如三國孔融的〈臨終詩〉。孔融因不願違心行事以牽附世情，遂寫下了「涓涓江漢流，天窗通冥室。人有兩三心，安能合為一，生存多所慮，長寐萬事畢」的深喟感言；抑或如陶淵明的〈自祭文〉、〈擬挽歌辭〉：「余今斯化，可以無恨。壽涉百齡，身慕肥遁，從老得終，奚所復戀！寒暑逾邁，亡既異存，外姻晨來，良友宵奔；葬之中野，以安其魂。……人生實難，死如之何？嗚呼哀哉！」、「荒草何茫茫，白楊亦蕭蕭。嚴霜九月中，送我出遠郊。四面無人居，高墳正嶕嶢。……向來相送人，各自還其家。親戚或餘悲，他人亦已歌。死去何所道，托體同山阿。」

上述詩人在莊嚴正視生命的歸宿時，多少難掩心中的無力與無奈，即使是坦然面對死亡者，也不諱言死亡所必然帶來的淒慘、蒼涼與遺憾。不惟如此，宋代文壇領袖歐陽修告老還鄉，病逝前也寫下了名為〈絕句〉的「悼亡詩」：「冷雨漲焦陂，人去陂寂寞。惟有霜前花，鮮鮮對高閣」，生存的留戀與死亡的枯寂，有了強烈對比。另外，像「古來傷心人」的秦觀的〈自作挽辭〉，也是廣為流傳的佳作：「家鄉在萬里，妻子天一涯。孤魂不敢歸，惴惴猶在茲。」作者因貶謫遠竄，理想幻滅，不免自傷生命難以久恃。全詩沈吟凝重，低迴難掩悲痛，可視為一般挽辭的基本情調。

陶淵明的「自祭」與秦觀的「自挽」，長期以來被視為中國古人「自悼」的兩種基本型態，雖然兩人同樣有理想的執著，追求落空的遺憾，但在面對「死亡」即將來臨的可能事實，卻展現不同的「戀生」之情。一般認為陶淵明是了悟生死的自適自得，曠達灑脫；而秦觀則是鍾情世味，意戀生理，怏怨難平。面對這種對比，明人郎瑛在《七修類稿》卷十七中就以不同於俗見的角度，肯定兩者均是「夫至死之際，而猶能自作挽辭，亦偉矣」的看法，並剖析了陶、秦挽辭「兩種基本型態」的根本差異：「殊不思陶在放達之時，秦當逐追之日，言安能不爾耶？予故嘗以吳潛謫循州，臨終自挽之辭，哀尤過秦，亦可謂達。但視其能措辭說理否耳。能則過人矣。使秦、吳當官之日，亦能如陶辭爵隱去，則臨終之辭，亦必有可觀者。」依郎氏說法，個體遭遇當然會影響「自悼」情感，但在臨終之時，能自作挽辭，這種行為本身就已經是一種曠達人生態度的表現。

三　晚明「自悼文學」的代表

明代正德、嘉靖以後，士人們從熱中功名到有人絕意仕進，有人棄官不就，有人不應科舉，名士、狂士、山人、隱士大量湧現。士風傲誕，士人們或任情放縱，或詩酒自娛，或狎妓聲色，或怡情山水，或執念求仙，這種自我世界情感的滿足，無視旁人眼光，不管社會壓力，成為晚明文人社會的普遍共相。以「自悼文學」為例，其中書記的內容亦適足以反映當時文人世情「怪誕」的特色。

明人的「悼亡文學」雖然沿續前代悼亡傷逝的基本情調，但因個體的自我情性突出，所以許多文人在操觚執筆時，也藉此文學體式別致地展示個人自我面目，其中最具代表的，莫過於徐渭的〈自為墓誌銘〉和張岱的〈自為墓誌銘〉及〈和挽歌辭〉。

（一）不浼袒裼——徐渭

晚明知識分子中，徐渭堪稱為特行之士。文長年少即有文名，但文場不順，懷才不遇，氣性狂誕，終生窮愁潦倒。他的作品具備強烈的個性傾向和狂放不羈的精神特色。由於仕途偃蹇，現實生活窘迫，他不得不出賣個人藝術，代人執筆文墨，嘗自云：「渭於文不幸若馬耕耳，而處於不顯不隱之間，故人得而代之，在渭亦不能避其代。」（《徐文長三集》卷十九）。良駒情在駿奔，今卻淪為耕田之具，豈不哀鳴！年過半百的文長，後來也只能投身胡宗憲門下，屈降為幕僚。未料，胡氏因被指控與嚴嵩有所牽連，被捕後自殺於獄中。徐渭聞訊，感到驚詫，悲懼與絕望，認為劫難難逃，便亦做自殺打算，遂寫下了〈自為墓誌銘〉，以此明志。

在〈自〉文中，徐渭試圖解剖自己，刻繪自我性格的特色：「賤而懶且直，故憚貴交似傲，與眾處不浼袒裼似玩，人多病之，然傲與玩，亦終不得其情也」、「一旦為少保胡公羅致幕府，典文章，數赴而數辭，投筆出門。使折簡以招，臥不起。人爭愚而危之，而己深以為安。」因為自己的「傲」「玩」，所以，世俗難容，而自己所堅守的人生立場，看在世俗眾生眼裡，卻是不解、譏嘲或訕笑。顯示徐渭了然明白自己與世俗群體的價值認知有極大的悖離。縱使輿論壓力不斷，徐渭仍然我行我素，對這些異聲採取嗤之以鼻的回應：「人且爭笑之，而己不為動。洋洋居窮巷，僦數椽儲瓶粟者十年」，但可以想見在堅持態度的背後，文長是如何的孤寂與幽冷。抑居下僚的苦悶，不被理解的孤傲，最終還是貫串了徐渭一生的悲劇。

〈自為墓誌銘〉的前半段可視為徐渭自我一生的剖析與辯明。他剖析自己的個性，辯明自己的立場，目的在告訴世人——不易隨人俯仰的鮮明個性，從中帶出「胡宗憲事件」自己不得不自我了結的深刻原因。許是認為與其受誣陷入獄而死，不如自我了斷，直視死亡；抑是不屑將自己生命交付予向來鄙薄、嘲弄自己的人，所以寧可「覓死」，也不願苟活。因為「渭為人，度於義無所關時，輒疏縱不為儒縛；一涉義所否，干恥詬，介穢廉，雖斷頭不可奪」，凜然間，他要告訴世人，值此之際，生無喜，死不足畏。

後半段的〈自為墓誌銘〉則又回到傳統的書寫形式框架，回顧一生，交待自己的親族人物關係及後事：包括出生未久，父卒，十四年後嫡母逝，依伯兄。之後向學，參加鄉試，入贅潘氏，伯兄死，失家業，妻又死，繼而開館，客幕胡公五年等等。作者以簡扼之筆逡巡了個人的人生際遇，悲多樂少，也鋪陳了自己即將走入死亡的淒涼情境。這篇〈自為墓誌銘〉可謂充滿了自我性格的主張。

（二）書蠹詩魔——張岱

至於張岱的〈自為墓誌銘〉和〈和挽歌辭〉三首也是個人對「死亡」一事的直視。崇禎十七年（1644）三月李自成占領北京，思宗皇帝自縊，一個多月後，清軍入關。一六四六年，紹興城破，張岱逃難至一百二十里外的越王崢，隨後，行蹤暴露，為免牽累，又逃至嵊縣。後得族人幫忙，得帶家小至離縣治六十里的西白山。〈和挽歌辭〉三首即是完成於此時。當時江山雖已易主，但在進退失據的生存困境中，張岱始終抱定了「不事二姓」、「義不帝秦」的決絕態度，甚至預作了死亡的打算，所以才會以追和陶淵明〈擬挽歌辭〉的方式，表達自己對人生的思考。

淵明的自祭預挽，傳達個人對生死的了脫，原篇首章寫死亡，次章寫祭奠而送殯，三章寫下葬，秩序井然，辭情俱達，最後卻云：「但恨在世時，飲酒不得足」，雖詩人未必意存幽默，但戲謔如此，更顯豁達。而張岱三首和詩，則充滿黍離悲歌，陰風慘慘，其中既有千秋功罪有待後人評說的期待感；更有史傳鴻著恐難終篇的焦慮感；甚至是身死九泉，心念本朝、義不帝秦的執著感；及復明無望，魂難家歸的沈痛感；以及易水放歌，壯士末路的悲壯感。這種情致與淵明回首一生，曠放任情，了然生死，大大不同，一為凝重冷峭，一為通達灑脫，都具有強烈的個性特徵。

〈自為墓誌銘〉則是張岱晚年之作，距離〈和挽歌辭〉的寫作時間有二十年之久，如果說〈和挽歌辭〉是張岱值國破家亡之際，中年時期對死亡的預想，其中充滿激憤不平、不可悲抑的慷慨情緒，那麼晚年的〈自為墓誌銘〉則頗有年老力衰後，冷靜為自己人生做個評注的企圖：「因思古人如王無功、陶靖節、徐文長皆自作墓志銘，余亦效顰為之。甫構思，覺人與文俱不佳，輟筆者再。雖然，第言吾之癖錯，則亦可傳也已。」不同於前人的是，許多人的〈自為墓誌銘〉往往是述及過往，明白點出或是隱示個人「優點」所在。但張岱卻一反常情，歷數自己的「不足」：「故稱之以富貴人可，稱之以貧賤人亦可；稱之以智慧人可，稱之以愚蠢人亦可；稱之以強項人可，稱之以柔弱人亦可；稱之以卞急人可，稱之以懶散人亦可……」文字充滿諧謔嘲諷、自我批判，下筆之重，前所未及。然而這種書記方式，似與百年前徐渭有所出入，事實上，仍然具備曲筆暗示的特色。一樣笑罵由人，毫不在意，也不反擊：「任世人呼之為敗子，為廢物，為頑民，為鈍秀才，為瞌睡漢，為死老魅。」在作者眼中，稱呼只是一個符號，意義不大，與當年關漢卿〈四塊玉．閒適〉中的「賢的是他，愚的是我，爭什麼」筆法相似。作者明顯是以自我解嘲，刻露他人眼中的自己。但這一切又何妨，我依然是我。就這一點來說，張岱與徐渭的「傲」「玩」，有異曲同工之妙，意在彰顯個人情性的獨特性。這種強烈的自我主張，社會喜歡也好，不喜歡也無妨，「寧作我，豈其卿」的宣示意義，十分鮮明。

四 結語

徐渭、張岱生逢末世，才無可用的鬱憤，只有藉佯狂或玩世寄寓個人千萬般的無奈。在一系列的「自挽」文學中，表面看似在否定自己的存在價值，事實不然。因為這些「悼亡文學」幾乎都是在混濁暗淡的時空背景下產生，作者只不過是借由否定自我的過程，沖淡死亡所必然帶來的惜生之憂，在他們的身上，我們依然可以嗅到一種孤芳自賞，不隨人俯仰的高貴品質。在動盪不安的時局中，有志之士對「生」與「死」的自覺，往往具備高度的敏感。當個體生命受到威脅時，本我就會對自身性情、遭遇、理想做總結性的思考，也是對自我價值的重新反省與檢討。因此，晚明文士的〈自為墓誌銘〉雖似遊戲之筆，但在自謙與自嘲的剖析中，我們卻看到一個個傲岸不屈的人格特質，他們曾多情燃燒生命，也曾一意執念理想，雖然最後落空了，但是自我存在的價值，卻清晰的印記在性靈的深處，即使是面對死亡的可能瞬間，都不曾消逝過。

黃惠菁／屏東教育大學中國語文學系副教授

從《遊居柹錄》看袁中道之世情

一 前言

公安派作為一種文學流派，除了有自己鮮明的文學主張外，其作品融合個人性情、文學、學問與風尚於一爐的獨特文化現象，充分反映著晚明文士的時代風貌，尤其是兄弟中年壽最長的袁中道，不僅在公安派盛行時期，與兩位兄長共同倡導、實踐公安派的理論主張，更在他晚年為公安派末流缺失作了一些修正，重新提倡學習盛唐詩的含蓄蘊藉，即可說明袁中道非固守一家之學，其學思歷程之轉變，更能彰顯其通達的文學史觀。

公安派三袁兄弟，長兄宗道、次兄宏道皆早仕，而袁中道則仕途蹭蹬，不得志於時，但對公安派理論的護持，不僅躬自踐履於創作上，更以其交遊之廣大人脈，影響身旁追隨公安兄弟的文士們，成為一起推動公安派理論的左右手，共同撐起公安派大纛，袁中道實為成就宏道文名乃至公安派之得力健將。更確切的說，公安派在袁宗道、袁宏道先後過世後，繼續護衛、傳承公安派使命，同時省思公安派理論缺失，並作適度修正，使公安派能繼續流行於明清之際，袁中道則是唯一的舵手，是支持、維護與修正公安派理論的最後一個掌門人。

袁中道作為公安派後期的舵手，因個人性格與交遊、學識與思辨、社會經濟與時代風尚的交互影響，在其作品中，處處可見其受時代環境之衝擊、調適與矛盾，細加尋繹，則有其脈絡鮮明的文化思潮的影響，反映著晚明文人之世俗情態，更標誌著晚明的時代精神。

二 《遊居杮錄》寫作背景

袁中道（1570-1624），字小修，號泛鳧，又號鳧隱、鳧隱居士、鳧史、酸腐居士等，別號甚多，湖北公安縣人。小修生逢晚明思想紛呈，儒釋道三教合一的時代，深受時代思潮影響，亦有儒釋同源、華梵合一的主張，更有「道不通於三教，非道也」的三教為一思想。在其二十餘年的參禪學道歷程，雖時有體會與見地，也以「靜坐收攝，早晚念佛，嚴持十齋殺生之戒，以為去日資糧。」作為行持參求工夫，所謂借法水灌溉。惟物欲難棄，功名之念亦切，勞形勞心，卒罹折磨其一生之血病。

小修雖自稱「學道人」，卻未曾放棄功名，自十九歲入科場，至四十一歲，凡應試九次，始終與功名無緣。屢次蹭蹬於科場的小修，有如棄置之蓬蔴，獨流落之感油然而生。尤其在萬曆三十五年（1607）會試落第，返回篔簹谷家中後，失落感加深，為驅遣失意情緒，也為擺落人情所不能辭之困擾，以及期冀遠遊中偶逢學友之法露滋潤，更重要者，為舟居養生，乃規畫遠遊，並以遊為居，隨感隨錄其行止經歷與感受，其中不無快意適性生活之追求。

三　《遊居杮錄》體裁特徵與意涵

《遊居杮錄》記錄的人、事、景、物等題材內容，不僅有著小修耳目聞見之實錄與思辨，更多的是作者晚年面對生命的脆弱與無奈，以及在三教合一的生命歷程中所作的調適、矛盾與衝突，期間透顯著公安派由盛而衰的軌跡，以及作者自覺或不自覺的受社會環境的影響所表現出來的時代精神，一方面代表著晚明公安派後期發展現況，另一方面也勾勒出晚明的時代風貌。

（一）以日記作為創作的體裁，表現出高度的自由性、隨意性

《遊居柹錄》共十三卷，一五七二則。其中卷二與卷三所記錄者皆為萬曆三十七年事、卷四與卷五之記錄則同為萬曆三十八年事，此外每卷一年，以時間為經，旅遊為緯，寫下個人行止經歷與感受。

其篇幅（則數）之大小、字數之多寡，包括每卷則數與每則字數，有著極大的差異性。以每卷則數言，如卷一，四十四則、卷二，六十六則、卷五，八十則，皆未及百則；而百則以上的其餘各卷，如卷七則與卷十，則多達一百七十三則、一百七十四則。以每則字數言，差異更大，少者排除日期外，僅兩字；多者可到千字，宛如一短篇散文，充分表現此種日記體散文遊記的隨意性、自由性。

（二）以隨感隨錄作為創作表現方式，具有高度的靈活性、真實性

《遊居柹錄》雖為日記體散文遊記，並不遵循一般日記的寫作格式，如每則

需有確切時間、地點、天氣與事件之要求，往往是作者一時的感發，隨手記錄，靈活性極強。《遊居杮錄》的體例是按年編排，但並非一年一卷、一日一則、一則一事、一事一地，其或數日一則、數月一則，凡意有所欲言則盡情抒發，情盡則止，不必強為意在言外，而言外之意存焉。隨感隨錄，具有當下時空景物的真實性、心靈感受的真切性，也因此作者無須矯揉造作，亦不必為文造情，故所記錄者多屬真實性，具有「史」的特點。對了解作者其人其事，除正史記載外，此種隨感隨錄的日記體散文，亦足以補正史之不足。

《遊居杮錄》隨感隨錄的創作形式，其隨意性、自由性、靈活性與真實性的體裁特徵，處處顯示著公安派不拘格套的理論主張，亦即「獨抒性靈」「直攄胸臆」之真人真文。不僅在題材內容上有無事不可入、無話不可言的自由度，即令著作體例、文章體裁上，一樣有著高度的自由與靈活安排，此種理論與實踐結合後的一貫體現，顯示作者學問與才情兼備的功力。

《遊居杮錄》名稱意涵，由遊（游）居與杮錄二者即可知其梗概。遊居亦作游居，以遊為居。小修「性嗜水，不能兩日不遊江上」，更喜「惟若練若帶之溪，有澄湛之趣，而無風濤之險」。其遊居載具為舟，並將舟命名為「汎鳧」，乃引用楚辭「泛泛若水中之鳧，與波上下，偷以全吾軀也。」之意，蓋汎舟江上，有如水鳥與波上下，對於屢躓科場的小修而言，泛舟遠遊，乃是避世逃名的最佳選擇，自然有著苟安偷生的意涵，更有著快意適性生活的追尋、主體自由之體現。

柿錄之柿，讀音為ㄈㄟˋ，木片也。錢伯城以為「柿錄實札記別稱。中道家居出遊，見聞瑣事，隨筆札錄」（《珂雪齋集》上）。而柿錄自然亦有筆記之意，札記、筆記，意思相同，皆為不拘體例之隨筆記錄，內容多樣，可以是名物考證、往事追憶、情景抒寫，與學術性著作不同。蓋舟遊在外，或家居安坐，在人物往來互動中，意外獲悉聞見，唯恐遺忘，故信手記錄。《遊居柿錄》既以遊居為主要活動方式，以日記隨筆記錄為創作表現形式，故其名稱意涵，不論從作品中體察「遊居」意涵或僅就詞彙詮釋「柿錄」之意，確實有著作者鮮明的人生意義的追尋，亦即公安派成員追求主體性之自由與快意自適之人生。

四　袁中道之世情

《遊居柿錄》記錄明神宗萬曆三十六年（1608）至萬曆四十六年（1618）小

修三十八歲至四十八歲十年間之事。此時期小修先後遭逢父兄亡故、血病痊後復發、功名未就（直至萬曆四十四年始登進士第）、棲隱未成等人生大事，身心飽受煎熬，幾至不起。而此困頓時期，小修以真感情記錄其行止經歷，其中不無個人特有之世俗情態，而在一定程度上也透顯出晚明文人共有的普遍現象。

（一）功名的追求與苦悶

自古以來「學而優則仕」的儒家思想，影響著歷代寒窗苦讀的知識分子既深且遠。科舉實施以來，至明代中葉，尤重進士，而以初場經義為主。經義考試，在「憲宗成化以後，漸漸變為八股」（錢穆《國史大綱》），由於八股重形式，有其程式規矩，嚴重束縛文人思想智慧。明末遺臣顧炎武對八股之害深表痛恨，將之視同秦之焚書，謂其敗壞人才，又甚於坑儒（《國史大綱》）。而無時或忘功名的小修，「志欲取青紫」，不願如一般科考文士「拾取牙後慧」，為文字苦思冥搜，要之「求勝求伸，以必得為主」，竟至嘔血。尤其接近科考時，更是「拚棄身命」，年年如此，備受煎熬。

萬曆三十五年（1607）小修會試落第，萬曆三十八年又赴京會試，此次未等放榜即與中郎一同南歸，途中得知落第，心情沮喪至極。同行者尚有友人李素心弟雪里，同是天涯淪落人，自不免「共嘆求名之苦」。對小修而言，求名甚苦，卻又不能捨，雖曾萌生「置身淨地，隨僧粥飯，修香光之業」之念，然內心深處的青雲之志，有如悶燒的火苗，總在科考年，又被挑燃。萬曆四十四年（1616）中道以破釜沈舟之決心赴京應試，終於得第，一掃多年「舉業之厄」陰霾，時中道四十六歲，已是頭髮斑白老翁。回首「墮地以來，為功名事將心血耗盡」不無深沉感慨。

（二）精神自由的追求與物欲的不捨

明政治的腐敗，影響社會中間階層的士人心理甚大。當科舉只是戕害文人心靈，理想與現實差距愈來愈大時，敏感的文人，首先嗅出時代衰敗的腐味，既無力改造社會、扭轉時局，於是退回內心世界，找尋可以依託、慰藉的力量。或參禪禮佛，了脫生死；或浪跡山巔水湄，與自然為友；或勤作詩文，以垂名後世；或縱情酒色，追求肉體享樂等等，則普遍存在晚明社會文人階層。

晚明思想界，從陽明心學，發展到泰州學派的李贄，影響及於公安派的三袁兄弟，很明顯的可以看出一條清晰的主線，即強調個體的自由、性靈的真趣。故生活中，可以隨性「作貓聲」、「作商羊舞」等少兒童趣表現，又可以「作假虎面，被繡被，跳躍其下」，讓人怖絕；亦可以與長年親友「畫字為樂」、「煮魚溫酒，倚醉豪歌」，或與友人藉草而坐，朝夕看山色，聽江聲，極視覺、聽覺之娛。或舟居「聽唱北曲」、「散鬱懷」，可以圖個「耳目清寂，毀譽是非不到」，更可以養生，可以參求不綽。

小修重視養生，以為摒除聲色、戒酒、不蓄歌妓、不入曲館，凡足以勞形勞心者，皆要除去。其視「世間繁華快活事」為「刀尖上蜂蜜」、「甘露內毒藥」，頗有痛定思痛之覺悟。唯意志不堅，小修仍無法杜絕飲酒，只要無病痛，有酒輒飲，飲後不自覺又過量，過量致病，又反悔，以致日記中常有自作自受之嘆。

對物欲難捨，未能戒絕飲酒，小修曾痛切反省，以為自己在親友間素有酒名，故親友勸飲難辭，復以個性上「面柔趣深」，即令無人勸飲，飲後不自覺又多飲。然飲酒亦非全無益處，小修亦深自體驗每夜小飲好處：著述多、學道透徹、易入眠等。然卒未能克制多飲，蓋習染太深故也。俗言：「酒非能誤人，人自誤之」，信然！

（三）三教合一的調適與衝突

中國社會，歷來以儒家思想為主導，至宋代儒學融合佛道思想，形成以性理義理為主的理學後，經程朱、陸九淵等大儒闡揚發展，至明代初期，官方雖以程朱理學尤其是朱子的四書經義，作為科舉考試的考科，但至王陽明繼承陸九淵的心即理，並提出其「致良知」與「知行合一」的主張後，一時蔚為流行，王陽明的心學遂取代了程朱理學，主導明代中後期的學術思潮。王學心學的重點，在於強調心之重要，確立心之地位。其後經王畿、王艮、羅汝芳等泰州學派的繼承與發展，除了王艮加入了禪宗色彩外，羅汝芳又肯定情欲的合理性，此時的王學已有了很大的改變。至李贄倡童心說，強調真我，公然反對以孔子之是非為是非的「假」，被視為異端學說，最後因京師攻禪事件牽連受害而卒。然李贄「童心說」的主張以及對佛禪的認識，卻直接影響公安兄弟，尤其是袁小修。小修對李贄與袁宏道兩位思想啟蒙導師的推崇，以數百年來才有的「異人」稱之。異人是超凡絕俗，具有「識力膽力」之人，有如孟子所言「五百年必有王者興，其間必有名世者」的「名世者」。雖然小修後來對兩位大儒的思想與文學理論都作了一些修正，然論其思想根源，則來自李贄與袁宏道，卻是不爭之事實。除李贄與宏道外，公安派長兄宗道「休沐南歸，始相啟以無生之學。自是以後，研精道妙。」以及小時寄居外舅家的外公龔春所「好仙學，喜為黃白術」，亦直接影響小修三教合一的思想。

三教合一思想，並未帶給小修圓滿人生。雖常因參求，或有體悟，卻總在關鍵時刻，使不上力，所謂「道力不勝業力」。關於參求養生一事，袁中郎生前曾與小修有過討論，中郎以為宜從飲食節制做起，並指出當時人的參禪，往往僅得口頭三昧，未必真切，正指出小修談禪論學的缺失。觀小修不能忍受生人「別離」、「求不得」、「怨憎會」乃至病痛等種種苦難與打擊，以致欲借讀經、禮佛、食齋、布施、放生等法水灌溉，庶幾「可發參禪念佛之機，不令中斷」，亦即小修與學友雲浦論學時之「頓悟必須漸修」主張。平實而論，此亦有見地。惟小修「根性怯弱」無法防護持守，以致「常為聲色流轉」，所謂「治情深」。面對現行種種無法消解的業力，小修以為係來自前世多生惑業，是人一生下「胎骨帶來習氣」，非今生所能消融，即令是有學問的大智慧人，亦不能立即消融，故吾人處世僅能「度己之所能為者而已矣」，如是，則三教合一之衝突，雖未能徹底解決人生大事，而「度己之所能為」亦不失為調適之道。

五　結語

《遊居柿錄》中小修之世俗情態，不論是功名的追求與苦悶、精神的自由超脫與物欲的不捨、三教合一的矛盾、衝突與心靈的調適，非僅是公安後期主將袁小修個人的獨特現象，而是處處有著時代精神的印記。固然小修所表現出來的生命情態，有一鮮明的基調，即主體自由、快意自適的人生追求，以及重視性靈的真與趣。然處在晚明政治混亂、物欲充斥的時代環境中，小修亦難自脫、自解於時代的磨難，所謂遊居（舟居）、清寂養生、參禪禮佛等，又何嘗不是苟安偷生的方式，這是相應於時代氛圍的表現，亦是《遊居柿錄》作為文學作品所反映的社會各種活動形式，顯現一個時代社會的風貌，也突顯了公安派的時代意涵。

簡貴雀／屏東教育大學中國語文學系副教授

「海神」形象在明代「世情」主題中的象徵意義

——以〈遼陽海神傳〉為例

明代中葉以後，由於經濟日趨繁榮，商品貿易發展快速，導致社會結構產生變化，商人也因而擺脫了四民之末的卑微地位，甚至能在文學作品中佔得一席之地。在這些以商人心理為描寫主題的「世情」作品中，本文將聚焦在一篇首先描寫商人心理的、以人神相戀為題材的明傳奇作品上，篇名為〈遼陽海神傳〉。目前可見的相關研究，僅有魏王妙櫻的〈明・蔡羽《遼陽海神傳》考述〉（《東吳中文研究集刊》，1995年5月）一文，該論文主要在考辨作者蔡羽的各種著作、〈遼陽海神傳〉的版本、校讎與來源、影響，其間雖亦述及〈遼陽海神傳〉的旨趣與內容，然因篇幅所限，未能針對作品中形象最為鮮明的「海神」與主角「程宰」

間的關係詳加剖析，以具體見出明代中葉以後的商人心理與民眾企盼。因此，本文擬從「海神」形象的角度切入，並與情節相似的「成公智瓊」故事（見晉・干寶，《搜神記》卷一）略作比較，以比較、探察出「海神」形象在明代世情主題中別具的象徵意義，期能自另一側面揭示明代的小民觀點與想望。

〈遼陽海神傳〉成篇於明世宗嘉靖十五年（1536），作者為蔡羽（?-1541），生年不詳，卒於明世宗嘉靖二十年（1541），吳縣（今江蘇蘇州）人。字九逵，自號林屋山人，又號「左虛子」；曾多次參加鄉試，但屢屢受挫，世宗嘉靖年間，由國子生授南京翰林院孔目，人稱「蔡孔目」。《明史》本傳稱他：「自負甚高。文法先秦、兩漢。或謂其詩似李賀，羽曰：『吾詩求出魏、晉上，今乃為李賀耶！』其不肯屈抑如此。」（卷六七〈列傳第一七五・文苑三・文徵明蔡羽等〉），可知蔡羽才華洋溢，好古文辭，以詩著稱，風格古樸自然，自成一家。蔡羽自言寫作本文的動機為：「戊子初夏（明世宗嘉靖七年，1528），余在京師聞其事，猶疑信間。適某僉憲、某總戎自遼入京，言之詳甚，然猶未聞大同以後事。今年丙申，在南院，客有言程來遊雨花臺者，遂令邀與偕至，詢其始末。程故儒家子，少嘗讀書，其言歷歷，具有源委。且年已六袠，容色僅如四十許人，足徵其遇異人無疑，而昔聞不謬也，作〈遼陽海神傳〉。」（蔡羽，〈遼陽海神傳〉，收於明・陸楫輯，《古今說海》，臺北市：藝文印書館，1966年，「說淵十六・別傳十六」，頁17），強調了此人神之戀是真有其事；但是，魏王妙櫻指出：「蔡羽大概有其根據而鋪陳其事；然由故事內容視之，人神相戀，鬼神預言禍福，充滿虛幻奇譎，與一般志怪小說無異，無庸討論其真實性」，「大凡水鄉澤國之地，民易幻想，頗多關於海神之神話傳說，終成志怪小說之最佳取材。」（《東吳中文研究集刊》，頁52、54），是較合理的說法。誠如李豐楙所言：「明代中葉以後，……中下層文人的社會活動與生活方式多與民眾日久相處，並非屬於階級身分較高的知識精英，因而比較能夠體會當時民間社會的文化風尚，也對一些流行於基層社會的普遍化信仰知之甚詳。」（李豐楙，〈出身與修行——明末清初「小說之教」的非常性格，收於王璦玲主編，《明清文學與思想中之主體意識與社會》，臺北市：中研院文哲所，2004年，頁286），因此，我們不妨將此篇視為蔡羽憑其對當時遼陽地區民間信仰的了解，以及對當時社會上商人心理的體會，透過神異瑰奇的情節鋪陳，豐富多樣的海神形象塑造，來反映明代的世風民情之作。茲分析海神形象及其於明代世情的象徵意義如下：

一　光豔盛飾的美人——重視外在虛華的審美觀

《搜神記》中的天上玉女「成公智瓊」（姓成公，字智瓊），第一次出現在男主角「弦超」面前時的場景與外表形貌甚為素樸：駕輜軿車，從八婢，服綾羅綺繡之衣，姿顏容體，狀若飛仙。自言年七十，視之如十五六女。車上有壺、榼、青白瑠璃五具。（陳滿銘校閱、黃鈞注譯，《新譯搜神記》，臺北市：三民書局，1996年，頁47）至於「遼陽海神」出現時的排場與外形描寫則極盡誇張之能事：

> 忽晝室明朗，殆同白晝，室中什物，毫髮可數。方疑惑間，又覺異香氤氳，莫知所自，風雨息聲，寒威頓失。……少頃，又聞空中車馬喧鬧，管絃金石之音，自東南來，初猶甚遠，須臾已入室矣。回眸竊視，則三美人，皆朱顏綠鬢，明眸皓齒，約年二十許，冠帔盛飾，若世所圖畫后妃之狀，遍體上下，金翠珠玉，光艷互發，莫可測識，容色風度，奪目驚心，真天人也。前後左右，侍女數百，亦皆韶麗，或提爐，或揮扇，或張蓋，或帶劍，或持節，或捧器幣，或秉花燭，或挾圖書，或列寶玩，或荷旌幢，或擁衾褥，或執巾帨，或奉盤

匜，或擎如意，或舉殽核，或陳屏障，或布几筵，或奏音樂。（《古今說海》，頁 1-2）

神女智瓊乘坐的是魏時貴婦所乘的一種有帷蓋、帷幕的小車，身上的衣著與車上的器具，也各用一句話交待而已，甚至是她的花容月貌，亦僅以「狀若飛仙」、「如十五六女」便概括地介紹完畢。遼陽海神則不然，她不是搭乘小小的「緇輧車」而來，而是在車馬的喧鬧聲中瞬間入室；她的美貌是「朱顏綠鬢」、「明眸皓齒」的精緻描繪；她的妝飾是「冠帔盛飾」、「金翠珠玉」的珠光寶氣；她的侍女有數百人之多，遠遠超過了智瓊的八人；她所使用的器具，作者信手舉例，即高達十八種，遠勝過智瓊的五種。蔡羽從視覺、嗅覺、聽覺等感官的誇飾，渲染海神降臨凡間的不凡與玄妙，這些對容貌皮相、衣著裝飾的誇張與鋪陳，反映出明代世情中普遍重視外在虛華的審美觀點。

二　交歡頻繁的妻子——重視肉慾的夫婦關係

神女智瓊與遼陽海神雖皆為自薦自媒，但二神與男主角成為夫婦的過程，在描寫的詳略情形與偏重之處卻十分不同。前者是：

> （智瓊）謂超曰：「我，天上玉女，見遣下嫁，故來從君。不謂君德，宿時感運，宜為夫婦。不能有益，亦不能為損。然往來常可得駕輕車，乘肥馬，飲食常可得遠味異膳；繒素常可得充用不乏。然我神人，不為君生子，亦無妒忌之性，不害君婚姻之義。」遂為夫婦。（《新譯搜神記》，頁47-48）

智瓊以「宿時感運」的緣分前定之說對弦超自薦自媒，並勾勒了未來食、衣、行等方面皆可過著極優渥的生活來說服弦超接納她。後者則是：

> 俄頃，冠帔者一人前逼床，撫程微笑曰：「果熟寢耶？吾非禍人者，與子有夙緣，故來相就，何見疑若是。……」（《古今說海》，頁3）
>
> 獨留同坐美人，相與解衣登榻，則帷褥衾枕，皆極珍奇，非向之故物矣。程雖駭異，殊亦心動。美人徐解髮綰髻，黑光可鑒，殆長丈餘。肌膚滑瑩，凝

> 脂不若。側身就程，豐若有餘，柔若無骨。程於斯時，神魂飄越，莫知所為矣。已而交會才合，丹流浹藉。若喜若驚，若遠若近，嬌怯宛轉，殆弗能勝，真處子也。（《古今說海》，頁4）
>
> 程既喜出望外，美人亦眷程殊厚，因謂：「世間花月之妖，飛走之怪，往往害人，所以見惡；吾非若比，郎慎勿疑。雖不能有大益於郎，亦可致郎身體康勝，資用稍足；儻有患難，亦可周旋。但不宜漏泄耳。自今而後，遂當恒奉枕席，不敢有廢。……」……誓畢，美人挾程項謂曰：「吾非仙也，實海神也。與子有夙緣甚久，故相就耳。」（《古今說海》，頁5）
>
> 是夕，綢繆好合，愈加親狎。（《古今說海》，頁7）
>
> 自後人定即來，雞鳴即起，率以為常，殆無虛夕。（《古今說海》，頁7）

海神雖亦以「夙緣」的說法對程宰自薦自媒，但對未來物質方面的生活享受並無太多承諾，僅言可使他「身體康勝，資用稍足」，反而是以床笫間的繾綣歡愛來取悅程宰。作者以極大的篇幅與詳細的描寫，來強調這對神人相戀的夫婦夜夜交會的濃情密意、綢繆難分，這種赤裸顯露的交歡場景的書寫，在一定程度上投射了明代商人在夫妻觀念中對肉慾關係的看重。

三　指點商道的先知——欣慕富貴、追逐金錢的價值觀

在對待夫婿的方式上，智瓊與海神亦有極大不同。智瓊對弦超說：「不能有益，亦不能為損」，意即她雖不能為超帶來什麼好處，卻也不致對他造成任何傷害或損失；她還教他《易》之義理，並使他能將之應用在觀察天象變化以測定吉凶：

> （智瓊）兼注《易》七卷，有卦有象，以象為屬。故其文言，既有義理，又可以占吉凶，猶揚子之《太玄》，薛氏之《中經》也。超皆能通其旨意，用之占候。（《新譯搜神記》，頁48）

由此可知，她並未運用神仙的法術來滿足弦超的需求，而是教導他習會日常生活中測定吉凶的方法以永保安康。海神則不然，她對程宰可說是有求必應，經常使

用法術變化出程宰心中想望的物品：

> 程每心有所慕，即舉目便是，極其神速。一夕，偶思鮮荔枝，即有帶葉百餘顆，香味色皆絕珍美。他夕，又念楊梅，即有白色一枝，長三四尺，約二百餘顆，甘美異常，葉殊鮮嫩，食餘忽不見。時已深冬，不知何自而得，況二物皆非北地所產也。又夕，言及鸚鵡，程言：「聞有白者，恨未之見。」轉盼間，已見數鸚鵡飛舞於前，白者、五色者相半，或誦佛經，或歌詩賦，皆漢音也。一日，市有大賈售寶石二顆，所謂硬紅者，色若桃花，大於拇指，價索百金。程偶見之，是夜言及。美人撫掌曰：「夏蟲不可語冰，信哉！」言絕，即異寶滿室，珊瑚有高丈許者，明珠有如鵝卵者，五色寶石有如栲栳者，光艷爍目，不可正視。轉睫間又忽空室矣。（《古今說海》，頁7-8）

> 言絕，即金銀滿前，從地及棟，莫知其數，指謂程曰：「子欲是乎？」程歆艷之極，欲有所取。（《古今說海》，頁8-9）

鮮荔枝、楊梅是北地難得一見的果物，而會講漢音的鸚鵡、珊瑚、明珠、五色寶石、金銀等，則是世間稀有、珍貴的寶物，當程宰對這些珍奇「心有所慕」時，海神即「神速」地將之變化出來，以滿足程宰的好奇心理。然而，值得注意的是，這些寶物出現在他面前之後，隨即又消逝無踪，程宰並不能擁有它們，原因是：海神認為「非分之物，不足為福，適取禍耳」，所以她對夫君說：「君欲此物（金銀），可自經營，吾當相助耳」。

自此以後，海神即成為指點夫君經商之道的先知。此商道的精髓就在「囤積居奇」的手段，程宰聽從海神之言，分別藉由囤積藥材、彩緞、布等以獲取暴利，首次是購買藥材：

> 時己卯初夏有販藥材者，諸藥已盡，獨餘黃　、大黃各千餘斤不售，殆欲委之而去。美人謂程：「是可居也。不久大售矣。」程有傭直銀十餘兩，遂盡易而歸。其兄謂弟失心病風，誶　不已。數日，疫癘盛作，二藥他肆盡缺，即時踴貴，果得五百餘金。（《古今說海》，頁9）

程宰聽從海神的建議大量收購千餘斤賣不出去的藥材，僅以十餘兩的成本，竟能在幾天後疫疾流行之時全部賣出，獲得五百餘金的收入，除了歸功於海神的未卜先知，其間的奧秘還在於「人棄我堪取，奇贏自可居」（明．凌濛初，〈疊居奇程客得助，三救厄海神顯靈〉，《二刻拍案驚奇》，臺北市：文化圖書公司，1985年，頁491）的商道，當黃蘗、大黃供過於求、價格遠低於價值時，「人棄我取」，存上一段時間後，等價格上漲時再賣出，「既能起到穩定市場、保護生產的作用，個人又能利用市場價格的變化、冷熱的差價賺大錢。」（張學童，〈人棄我堪取，奇贏自可居——海神指路的啟示〉，《企業活力》，1989年4月，頁26）；其次是買彩緞：

> 又有荊商販彩段者，途間遭濕熱蒸，發班過半，日夕涕泣。美人謂程：「是亦可居也。」遂以五百金獲四百餘疋。兄又頓足不已，謂弟福薄，得此非分之財，隨亦喪去，為之悲泣。商夥中無不相咎竊笑者。月餘，逆藩宸濠反于江西，朝廷急調遼兵南討，師期促甚，戎裝衣幟，限在朝夕，帛價騰踴，程所居者遂三倍而售。（《古今說海》，頁9-10）

程宰仍聽取海神的建言，將他賣藥材所得的全數金額都拿來買發斑的彩緞，看在他的哥哥及商業同伴們的眼裏，都覺得不可思議，或為他悲泣、或私下譏笑他，這是因為他們沒有海神的「預知性」與「商業頭腦」，只知一窩蜂地趕潮流、湊熱鬧，哪樣物品價格好、市場缺貨，就搶購該樣物品，對於價格低賤、供應過剩的貨物就賤價拋售，以致無法獲得大利；第三次是買布：

庚辰秋，有蘇人販布三萬餘者，已售什八矣，尚存麤者什二，忽聞母死，急欲奔喪。美人又謂程：「是亦可居也。」程往商價。蘇人獲利已厚，歸計又急，止取原直而去，蓋以千金易六千餘匹云。明年辛巳三月，武宗崩，天下服喪。遼既絕遠，布非土產，價遂頓高，又獲利三倍。如是屢屢，不能悉紀。（《古今說海》，頁10）

海神預知武宗將崩，做喪服的布匹需求量將會大增，遂教程宰大量購進布匹，結果亦如其所料，獲利三倍。作者還說，「如是屢屢，不能悉記。四五年間，展轉數萬，殆過昔年所喪十倍矣」，如此看來，程宰得了神仙美眷仍未能使他從此心滿意足，他念念不忘的是經商的「本業」，連海神都忍不住要譏他「以俗事嬰心」、「不灑脫」，而他對海神指點商道的唯命是從，對金錢追逐的執著熱衷，鮮明地展現出明代商人欣慕富貴、唯利是圖的價值觀。

四　消災解厄的神靈——期盼社會安定的小民願望

如前所述，智瓊雖為神仙，但對於夫婿弦超生活上的影響頂多是讓他乘肥馬、食異膳、服繒素，滿足行、食、衣等物質的享受，並未施展法術預測他未來的運勢或為他消災解厄；海神則不然，不僅在事業上為程宰預測市場走向、指點商道，還在與他分手後，三度為他消災解厄，前兩次是以託夢的方式預警軍隊的叛變、宣府的下獄詰驗，以助他躲過人禍：

（程宰）自以輕騎由京師出居庸至大同，省其從父。流連累日，未發。忽夕夢美人催去甚急，曰：「禍將至矣，猶盤桓耶！」程憶前言，即晨告別，而從父殷勤留餞。抵暮出城，時已曛黑，乃寓宿旅館，是夜三鼓，又夢美人連催速發，云：「大難將至，稍遲不得脫矣！」程驚起，策騎東奔四五里，忽聞砲聲連發，回望城外，則火炬四出，照天如晝矣。蓋叛軍殺都御史張文錦，脅城內外壯丁同逆也。

及抵居庸，夜宿關外，又夢美人連促過關，云：「稍遲必有狴犴憂矣！」程又驚起叩關，候門啟先入，行數里而宣府檄至，凡自大同入關者，非公差吏人，皆桎梏下獄詰驗，恐有姦細入京也。是夜與程偕宿者，無一得免，有禁至半年者，有瘦死於獄者。程入舟，為兄備言得脫之故，感念不已。（《古今說海》，頁16）

第三次則是親自顯靈於湖上彩雲之中，拯救他於驚濤駭浪之危舟內：

及過高郵湖，天雲驟黑，狂風怒號，舟掀蕩如簸。須臾，二桅皆折，柁零落如粉，傾在瞬息矣。忽聞異香滿舟，風即頓息。俄而黑霧四散，中有彩雲一片，正當舟上，則美人在焉。自腰以上毫髮分明，以下則霞光擁蔽，莫可辨也。程悲感之極，涕四交下，遙瞻稽首。（《古今說海》，頁16-17）

生意人最怕的就是天災與人禍，而海神不僅協助程宰逃過兵變與牢災的人禍，也在他遭遇水難之際顯靈，平息了狂風，使程宰免於翻船的噩運。作者對這些情節的詳細刻畫，在很大程度上體現了明代商人對政局穩定、社會安寧的衷心期盼。

從晉代智瓊神女的故事與遼陽海神的故事比較中，我們可以發現海神的形象較神女智瓊更為鮮明而多樣，其中透顯出晉代世情中較為素樸的審美與價值觀，而明中葉以後世情（尤其是商人）則為較複雜而虛浮的審美與價值觀點：海神光豔盛飾的美人形象，反映出明代商人普遍重視外在虛華的審美觀點；海神交歡頻繁的妻子形象，體現了明代商人重視情慾的夫婦關係；海神指點商道的先知形象，表現出明代商人欣慕富貴、追逐金錢的價值觀點；海神消災解厄的神靈形象，象徵了商人對社會安定的深切期盼。馬積高、黃鈞曾指出，「反對理學對文學的桎梏」、「要求文學表現真情、肯定自我，以實現對個體意識和欲望的表達，是明代文學發展的新潮流，是明代文學所反映的時代精神，也是明代文學所體現的新的主題。」（馬積高、黃鈞主編，《中國古代文學史四——明清》，臺北市：萬卷樓圖書公司，1998年，頁11），而〈遼陽海神傳〉中的「海神」形象，即具體地反映了明代新興階層——商人的個體意識和欲望，堪稱明代「世情」中的新主題，也具足了時代的精神。

顏智英／臺灣海洋大學通識教育中心副教授

由《琵琶記》呈現的明清世情談起

一　前言

明、清所呈現的世情風貌：社會政治、婚姻與愛情，我們可以從當時的小說、戲曲中，彩繪出一個理學蹈揚，而人間情愛多樣，思想觀念殊異的花花世界。那個時代，除了有純情浪漫唯美的才子佳人式愛情如《西廂記》的男女幽會，更有謳歌自主性、情欲解放的情感世界的《牡丹亭》生死戀情；有性愛豔情的《金瓶梅》的情慾大解放；《紅樓夢》中結合愛情與政治的大觀世界，然而能「執子之手」、天長地久、圓滿終老，忠孝兩全，更是理學儒教思想下的範本。

世間情愛原本問題層出不窮，元代科舉制度的恢復，承接宋元以來，書生因名惹利遷，造成許多世間悲劇。如《鍘美案》、《王魁負桂英》的等劇，對背信拋妻者，多處以極刑或五雷轟頂的譴責撻伐。而元末明初，高明以一齣《琵琶記》的不同的結局，將這類主題的負面批判重新詮釋。在受了科舉名利牽引的男主角因滯留京中，造成父母餓死，妻子沿街賣唱尋夫的家庭悲劇中，精彩地描寫出複雜的婚變心理。更以一夫擁二妻大團圓收場，圓滿解決私情與世態的矛盾，成就了作者期望的愛情價值觀：

愛是忠孝兩全，有容乃大的圓融智慧。

對照今日社會對婚姻中出現小三的外遇、出軌，有著與當時同樣的非議。本篇期望藉由當時的社會世情中，分析與提煉出對今日有意義的啟示。

二　科舉時代的悲歌

《琵琶記》這類型書生負心，背棄糟糠之妻的故事，由來已久。在《隋書・地理志》中，就記載了江南「衣冠之人」及舉孝廉，即有「更娶富者，前妻雖有積年之勤，子女盈室，猶見放逐，以避後人。」衍伸於《南九宮詞譜》中【刷子序】

一曲，就紀錄：「書生負心，叔文玩月，謀害蘭英；張葉身榮，將貧女頓忘初恩；無情李勉，把韓妻鞭死；王魁負倡女身亡；嘆古今，歡喜冤家，繼著鶯燕爭春。」這類民間傳唱的故事，宋元南戲中如：《陳叔文三負心》、《張協狀元》、《李勉負心》、《王魁》、《歡喜冤家》、《詐妮子》、《鍘美案》等，都是婚變的戲曲。

《陳叔文三負心》寫的是陳叔文科考及第後，因為家貧無錢赴任所就職，此時遇見娼妓崔蘭英，好心贈以路費，就瞞著前妻娶蘭英為妻，帶著她同赴任所。三年後，任期已滿要回家，擔心前妻見了新人會怨恨不已，就將蘭英騙至船上飲酒，推入江中溺死，後來陳叔文被蘭英的鬼魂索去性命。

《張協狀元》是張協要上京赴試，途中遭遇到強盜洗劫，這時得到貧女的救助，兩人結為夫婦。一旦張協科考及第後，便佯稱不認識貧女，用劍將貧女砍死。

《李勉負心》是寫書生李勉去了京城，拋棄前妻韓氏另娶，當他受到岳父的斥責後，竟然將韓氏鞭死。

《王魁》寫王魁尚未及第時，與妓女桂英結為夫婦，王魁上京赴試前還到海神廟誓盟，表示永不負心，但及第後卻另娶崔氏。桂英派人持著信，去京城找王魁，王魁把人趕走，桂英一聽，便傷心的自刎而死，死後鬼魂去攝取王魁的性命。

當時這些負心漢的故事，加上「鬼報」、「雷殛」的結局，讓女性得到慰籍，男性稍加畏懼，都是當時的作家暗暗為女性伸張正義，以因果報應告慰女性的作品，是以勸懲為主題的戀情文學，而世間人為名為利，求取功名，拋妻棄家，科舉制度，成為世人追逐的目標。

《趙貞女蔡二郎》是宋、元民間流行的戲文，男主角蔡二郎就是蔡邕，是泯滅人性、喪盡天良、忘恩負義、殺害髮妻的「棄親背婦，為暴雷震死」負心漢，與東漢末年，曾做過中郎將的學者蔡邕同名同字同姓，歷史的大學者蔡邕是賢孝、正直、遭遇坎坷直至蒙冤被殺的，而這齣戲的流行，造成許多人的誤解。

後代文人眼見藝術扭曲真相，難免感慨。如宋代詩人陸游〈小舟遊進近村舍舟步歸〉之一：「斜陽古道趙家莊，負鼓盲翁正作場。身後是非誰管得，滿村聽唱蔡中郎。」可見蔡伯喈的故事，在南宋已經廣泛流傳，民間藝人也在演唱。

這一類劇情模式：「男子赴京趕考，飛上枝頭作鳳凰，而忘卻糟糠之妻」。《張協狀元》、《王魁》等，都將矛頭群指向書生，批判他無道德，理應遭天譴。而《琵琶記》作者高明，取材於《趙貞女》卻為蔡二郎翻案，提出《琵琶記》不同的結局。

三　以「風化體」策略，建立另一種詮釋

《琵琶記》作者高明（約1297-1359或1368年兩說法），元末明初人，字則誠，自號菜根道人，生於浙江，溫州瑞安人，《甌海軼聞》：「少辨慧，善屬對」，看出他少時是天資聰穎，文思敏捷聰慧及文學造詣極深，寫文作對都非常傑出，工詩文、善書法，為日後創作戲曲，奠下好基礎。

至元六年（1340）元代重開科舉考試，高明發憤研讀《春秋》，中了進士，擔任處州錄事、丞相掾等職。為政時能親愛人民，為官清正，政績以廉潔自守著稱。因得罪權貴，辭官過著隱居的生活，製作《琵琶記》、《閔子騫單衣記》等劇作與詩文集《柔克齋集》二十卷等。

《琵琶記》為南曲之宗，無論內容、曲牌、角色都奠定當時南曲的規模，作者才華洋溢，是作品鍍上耀眼的光芒重要原因，而高明正直、善解、教忠教孝的

深意，端正與指導人心的寓意，有其不可磨滅的功勞。

明．田藝蘅《留青日札摘鈔》中說明《琵琶記》的寫作動機，一是他的好友名叫王四，以才學聞名，高明勸他科考取仕，然而一登科榜便棄其妻，入贅於太師不花家中，則誠以「琵琶」為名，是取其上面有四個「王」，暗指王四，元人稱牛為「不花」，故稱牛太師，加上伯喈也曾經依附過董卓，就假託蔡伯喈了，故則誠寫此劇是作為諷諫朋友，書寫當時社會現象之用；另一說將「不忠不孝蔡伯喈」，從負心背婦變成「全忠全孝蔡伯喈」，更接近以孝悌著稱的歷史人物蔡邕，在《後漢書．蔡邕列傳》上記載：「邕性篤孝，母嘗滯病三年，邕自非寒暑節變，未嘗解襟帶，不寢寐者十旬。」改寫的原因有一說是高明夢到蔡伯喈對他說：「公能易我為善行，當有以報公。」於是，以全忠全孝的方式改寫。

除了諷刺與改寫，作者的深意在戲劇開頭的一闋【水調歌頭】中，就娓娓道出：「不關風化體，縱好也徒然。」又說：「論傳奇，樂人易，動人難」，又說：「休論插科打諢，也不尋宮數調，只看子孝共妻賢」，已經把他創作好劇本有裨風化，具有「風化體」，作為第一要義，就是作品的思想內容重於形式技巧，即是維護傳統道德風化是創作主旨，改變背親棄婦的主題，標舉出：「子孝共妻賢」的「風化體」，用正面形象塑造來打動人心，感染世風，是高明認為書寫此劇的主要目的。

因此，他改寫當時一貫的謾罵、痛責蔡伯喈的立場，藉由當時社會真實狀況入手，以男主角實際生活的經歷，和內心對社會現實的憂患感，表述對當時社會深刻的矛盾面，及當時社會種種生活面相的描寫，真實地勾勒出：不管時空如何改變，人面對生存環境，必須為自己的生命尋求出路。

以「琵琶」為名，除了趙五娘背負琵琶上京的直接譬喻，更有白居易〈琵琶行〉中的「老大嫁作商人婦，商人重利輕別離」的嘆息；王昭君琵琶曲韻哀婉，一唱三歎，幽邈孤寂的沉鬱，也是隱藏作者以女性角度去深入蘊藉與闡發的一齣鉅著。

他用戲曲的藝術力量，衝擊觀眾內在的心靈，將戲曲由小道升大道，由俗品轉雅品，藉由劇中人物的恢弘風範，最終孝義兩全，獲得觀眾的肯定，成為流行的劇目，被推為戲文中的「絕唱」和「南曲之宗」，成為南戲之祖。

四　女性理解與寬容的典範形象

《琵琶記》的故事家喻戶曉，蔡邕字伯喈，飽學多才，娶妻不到兩個月，他的父親為了伯喈的前途打算，極力的督促他去參加考試。伯喈不得已，只好辭別了父母及妻趙五娘。男主角了蔡伯喈進京試舉，牛丞相愛才納婿，滯留京中，內心的矛盾與痛苦，女主角趙五娘堅貞孝親，砧㵾書畫，文采兼得的母儀典範；牛小姐大義勸父，甘為小三，孝養大姊，最後一門旌獎，一家團圓的結局。

三位重要的主角，以「糟糠自咽」的趙五娘最令人動容，遇著荒年，張羅家計，給公公婆婆吃米粥，她自己將就著細米皮糠，強自吞咽下肚，公婆既感動又自怨自艾，兩老臥病不起，喪事全由趙五娘處理，賣髮籌錢，用麻裙包著土來造墓；後上京尋夫，揹著公婆的畫像及琵琶，沿途彈唱，乞化錢鈔當作盤纏，悲戚又莊嚴的進京尋夫，活脫脫寫出一個孝婦、貞女的形象，這也是劇名《琵琶記》，舊名《趙貞女》的由來。

而趙五娘貞孝媳婦的形象，才華的顯露，從【孝順歌】中委婉的唱出：

糠和米本是相依倚，被簸颺作兩處飛，一賤與一貴，好似奴家與夫婿，終無見期。丈夫，你便是米呵，米在他方沒尋處，奴家恰便似糠呵，怎的把糠來救得人飢餒，好似兒夫出去，怎的教奴供膳得公婆甘旨。

進入婚姻，哪一位女性不希望有一個強大的肩膀可以倚靠，無奈薄情人遠離家鄉，無奈彼此相隔兩地，最痛苦時無人可依，最無助時，無人可靠，雖如米與糠原本同心，此時也紛飛，再如何盡心盡力，終究是媳婦，只有在怨而不怒中哀婉地悲唱著。

趙五娘的才華與寬容，也在與牛氏見面中表露，五娘道出原委後，牛氏懂事體貼的請趙氏上坐，說：「一樣做渾家，我安然，你受禍。你名為孝婦，我被人罵。公死為我，婆死為我，姐姐，我情願把你孝衣穿，把濃妝罷。」牛氏這一番話，已經看出體貼入微與顧全大局的風度。五娘見著牛氏的大家閨秀的風範，當然也擔心丈夫「胸中別是一帆風」，「畢竟一齊分付與東風，把往事如春夢」，移情而別戀，暗暗擔憂：「只怕為你（牛氏）難移寵」，因年輕貌美的牛氏而忘卻舊情。因此，寫下一首詩，希望藉由墨跡與詩句，打動夫君的心。她說：「休休，縱認不得這丹青貌不同，我的筆跡，兀自如舊。若認得我翰墨，教心先痛。」立即寫出：

崑山有良璧，鬱鬱璠璵姿。嗟彼一點瑕，掩此連城瑜。人生非孔顏，名節鮮不污。拙哉西河守，胡不如梟魚？宋弘既以義，王允何其愚！風木有餘恨，連理無旁枝。寄與青雲客，慎勿乖天彝。

從良璧微瑕比喻伯喈名節略污，勸他及早回到人倫天理的大道上，先肯定伯喈是崑山良璧，雖有瑕疵，但若即時挽救，不會產生更多的後患；再以古人古事，提醒他的良知，做出正確的抉擇，畢竟人非聖賢，孰能無過，除了點醒，更是說明自己的諒解，「名節」昭示著：於情、於理、於社會公義、個人名節都不可污損，父母墳塋無人祭掃，故云：「風木有遺恨」；被遺棄的妻子孤苦伶仃，所以說「連理無旁枝」，且以「青雲客」稱之，隱喻著伯喈流連仕途的迷失，這樣一首〈勸夫詩〉將五娘高才華采，胸襟寬厚，心醇氣和，和解重聚的柔情萬千，在伯喈自讀、自解、自悔過中，順勢乘著柔語，妙不可言的將心結化解。

蔡伯喈在京城中了狀元後，牛丞相以女兒嫁他，伯喈抵死不肯，辭婚兼且辭官，但皇帝卻勉強的要他成全了這段姻事。他不敢再奏，只得委曲的做了牛丞相的女婿，這位由家鄉辭試不從，被逼應考，到辭婚不從、辭官不從、最後只有甘為牛府女婿，讓他有「三不從」的不得已的理由，只好委屈求全的享受榮華富貴，但心中總是有身在異鄉，心在原鄉的一份鬱鬱不樂。

即使是高中狀元的瓊林宴上，他卻說：「傳杯自覺心先痛，縱有香醪欲飲，難下我喉嚨。他寂寞高堂菽水誰供奉？俺這裡傳杯喧哄。」一聲聲思念家鄉的高堂父母，當享受著多少文人士子，夢寐以求的官宦生涯，蔡伯喈卻痛苦的說：

我穿著紫羅襴，倒拘束我不自在；我穿的皂朝靴，怎敢胡去踹！你道我有吃的呵：我口裡吃幾口，慌張張要辦事的忙茶飯；手裡拿著個戰欽欽怕犯法的愁酒杯。倒不如嚴子陵登釣臺，怎做得揚子雲閣上災！

金錢可以買到一切，權力可以讓你穿金戴玉，吃香喝辣，但是，一覺到天明的心安，真正的情愛，家庭的溫暖，豈是千金可換？這「吾不得已」的宣告，說明內心深處對遠方父母妻子的溫飽安危，思念與憂心正時時刻刻啃噬著他。

當公婆的畫像被伯喈拾起，賢惠的牛小姐讓伯喈與五娘相見，五娘說起公婆已經亡故的事，伯喈沉痛地暈倒。他才痛心疾首的自我懺悔的說：「畢竟是文章誤我，我誤爹娘」，「畢竟是文章誤我，我誤妻房」，千錯萬錯都不是我的錯，怪只怪科考誤我一生啊！這對社會價值觀的批判，是為官又辭官的作者借蔡伯喈之口來唾罵的，歸咎到社會制度、大環境的時運不濟，為自己的負心，提出最義正辭嚴的告解，也讓他真正覺悟：

> 嘆雙親把兒指望，教兒讀古聖文章。似我會讀書的，倒把親撇漾，少甚麼不識字的，到得終奉養。書啊！我只為其中自有黃金屋，反教我撇卻椿庭萱草堂。還思想，畢竟是文章誤我，我誤爹娘。
>
> 比似我做個負義污心臺館客，到不如守義終身田舍郎。〈白頭吟〉記得不曾忘，綠鬢婦何故在他方？書啊！我只為其中有顏如玉，反教我撇卻糟糠妻下堂。還思想，畢竟是文章誤我，我誤妻房。

伯喈覺醒了，伯喈放下了，辭別了丈人，上表辭官，與兩個媳婦一同回家掃墓。牛丞相後來也被五娘的孝行所感，被女兒的義行所動，便將事情，一一奏明皇帝，當伯喈及二媳婦正在拜墓時，牛丞相帶來了皇帝的加官封贈的詔旨：蔡邕授為中郎將，妻趙氏封為陳留郡夫人，牛氏封河南郡夫人，父母並皆封贈。伯喈又以金贈與鄰居張廣才，以回報其為父母出錢治喪的恩德，全劇以大團圓式收場。

劇中人物趙五娘的形象塑造，寬厚堅貞，才德兼具，理解與寬容，孝順與體貼，是活在世人心中的完美女性，是教伯喈不能放下、不忍放下、不願放下的知音與知己，加上牛小姐賢惠溫柔、不嫉不妒、恪守婦道，也是讓本劇畫下完美句點的重要人物，於是蔡伯喈自然能忠孝兩全，尊重社會價值而行，《琵琶記》才會成為樹立傳統倫理楷模的鉅作。

五　世情書寫的多樣化

明清時這樣琵琶別抱式的愛情題材，加上才子佳人式的《西廂記》、夢幻地說鬼的《牡丹亭》、離亂中愛情彌堅的《拜月亭》，紛紛開始強調女性自覺，女子不只可以西廂幽會，決定愛情的對象，更可以為愛而生，為情而死的自我抉擇，情不只是被動的接收，更含有主動的爭取，這些人文關懷的主題，一一反映當時文人深情地觀察社會生活的種種現象，認同女性在愛情婚姻下，應求得心靈的解放。

繼之而來，有更多合乎人性與女性解放的戲曲、小說出現，明清時期章回豔情小說的蓬勃發展，也為男女情感提出更寬廣的慾望解放空間，宣淫主題的小說戲曲，不但反映出市井小民的情欲，更是蘊涵著女性意識的張揚，一段段豔情與世情，在看似穩定的社會下，波濤洶湧的跌宕著，世情小說第一高峰《金瓶梅》可說達到極致，又如《痴婆子傳》、《綉榻野史》、《如意君傳》、《肉蒲團》、《燈草和尚傳》、《十二樓》、《弁而釵》、《龍陽逸史》等，從男女性愛的書寫，到男色文學的興盛，都是描寫當時情慾的宣洩。

這樣世情的蓬勃呈現，妙的是，凡寫淫者，幾乎無一例外的聲明：如此寫淫，意在勸人戒淫。其實這現象已經反映，當時讀者、觀眾，對這類題材上的重視與興趣，也看出作者欲藉著這類題材訴說自己對社會面的觀察與關注。

有趣的是，宋元時期是理學、道學興盛，程朱理學主張「存天理、滅人欲」，是極度的儒學的禁欲色彩；明代卻在「尊情論」中高揚，王陽明從內心尋找「理」，王艮的「百姓日用之學」，道在生活日用，到了李贄更是主張「人欲即是天理」，學術的人欲應滅，到人欲是理，絕對兩極化的反應在「全忠全孝」式文學作品和離經叛道式的豔情小說與戲曲中，如《金瓶梅》中「飲食男女，人之大欲存焉」

的妻妾如雲，渲染出有色的情與愛，是濫情、濫性、濫色、濫欲，更是顛覆學術與道德的世情。

無怪乎明太祖朱元璋看了《琵琶記》評論說：

> 五經四書，布帛菽粟也，家家皆有；《琵琶記》如山珍海錯，富貴家不可無。（《南詞敘錄》）

清人毛聲山評論《琵琶記》也說：「吾於傳奇取《琵琶》焉，凡臣之事君，子之事父母，婦之事舅姑，以致夫婦之相規，妻妾之相恤，莫不于斯編備之。」這種「風化體」思維下的家族排列，使得《琵琶記》成為君臣、父子、夫婦、長幼有序的楷模典範，也深植人心成為社會的一種價值觀，因為對兩性尤其是女性的意識的表彰，更啟發當時多樣化世情的書寫，《琵琶記》承先啟後，功不可沒。

六　結論

高明能表現社會中愛情與婚姻兩全的世情，以教忠教孝式的《琵琶記》為典範，將生命的理想過渡到社會人情的真實現場中，吾人看到的是除了寄託懲戒勸世的文學作品外，更有文人對社會寄予的深層關懷，如品德的提升、女性的貞潔、男性的負責，家庭的穩固、社會的穩定，這些因追名逐利，衍生出社會世情的問題，是創作者意圖要對治的。

不可諱言《琵琶記》以「團圓」收場，雖是本書最大的價值，卻也是它的局限所在。作者以了解與寬容，建構一個新典範的婚姻愛情觀，但道德的規範與束縛，無法局限人性對愛情內涵的要求，對現代人而言，吾人可以學習趙五娘的才能胸襟、寬厚氣和；蔡伯喈的即時覺醒與悔悟；現代小三也該學學牛小姐的謙卑賢慧，識得大體的謙讓，但是更多的人要求兩性平權與平等，覺醒與解放的新觀念，這也是世情書寫多樣化的因素。

那樣以科考掛帥的世界，相較現當代人追名利，也不遑多讓啊！由明清世情現象中，吾人該省思：婚姻如何經營、如何面對危機、擁有至情至性的感情，不棄不離，做一個令對方難以忘懷的有情人，不應只是艷情與宣淫而已，彼此相互扶持，相濡以沫，做個有責任，有愛的能力的人，共坐幽篁中，仍有相看兩不厭的衷曲可訴，讓彼此結一段忠誠、互信、互賴、至死不渝、金石之盟的一生良緣。

錢奕華／聯合大學華語文學系助理教授

奇情難禁，奇愛難捨

——明清文人筆下的同性愛戀

一　前言

隨著社會風氣的開放、歐美思潮的引進，有關「性別」的研究，就議題而言不但漸趨多元，就關懷層面而言也益加廣泛，其深入與細膩的程度，也常令初學者驚嘆，原來平日習以為常的「性別」，並沒有想像中的簡單。受益於這些研究，我們現在已經知道，就連個體的性別問題，也不是只有「男」、「女」的二分法，在談一個人的性別時，不但要考慮到他的生理性別，還有他的心理性別，乃至於社會性別，因為性別不只是天生的，後天的環境、人群，都會影響並且形塑一個人的性別認同。以這樣的認知為基礎，加上近年來對於「性別平等」的提倡，個體的性傾向也越來越受到尊重，儘管同性戀相對於異性戀而言仍屬弱勢，同志的人權仍有待提升，但整體而言，同性戀的人們不再被視為不正常、有病的一群。

回顧中國過去兩千多年的歷史，儘管傳統仍是以男、女二人締結婚姻、生養後代、組成「家庭」作為社會國家的基礎單位，人們所承認、讚揚的仍是男女、夫婦之間不渝的情愛，但是對於同性愛戀的紀錄並不是沒有。特別是比起女性擁有更多自由、較少拘束、同時又握有發言權的男性，彼此之間具有親密關係的事件在各朝代都能找到。

二　男風在明代的盛行

明代中、後期經濟發展蓬勃，手工業品種不斷細化，商品因需求量的增多在流通上也非常迅速，求財逐利的風氣在各個階層蔓延，「人情以放蕩為快，世風以侈靡相高」（張瀚《松窗夢語・風俗紀》），社會上存在各式各樣的消費娛樂，原本農耕社會的價值系統與道德倫理蕩然無存，「存天理、去人欲」的理學主張不再受人尊崇，取而代之的是肯定人欲、追求解放、張揚個性的一股思潮。

受到這些因素的影響，財富之欲、口腹之欲、物質之欲外，對於聲色之欲的追求也是明代中晚期上至帝王、下至平民百姓的共同之處。《萬曆野獲編・補遺卷一・老兒當》便記載：

武宗初年，選內臣俊美者以充寵倖，名曰「老兒當」，猶云等輩也。時皆用年少者，而曰老兒，蓋反言之。

身為皇帝，三千佳麗、六宮粉黛，倚仗權力勢力所擁有的女性數量自不在話下，然而武宗朱厚照沉迷女色外，還嗜愛男寵，引起有志之士的不滿，韓文便曾上疏勸諫：

萬乘與外人交易，狎昵媟褻，無複禮體。日遊不足，夜以繼之，勞耗精神，虧損聖德。（《明史》卷一八六）

挾弄男寵，雖然不甚正當，但和沉迷女色的差異其實不大，韓文所擔憂與批評的，是武宗本人縱情逸樂，荒淫無道，朝政大權盡落於男寵、宦官之手。

不僅有權有勢的帝王沉溺男色，此種風氣也盛行於庶民之間，《萬曆野獲編・卷二十四・男色之靡》有記：

> 至於習尚成俗，如京中「小唱」、閩中「契弟」之外，則得志士人致孌童為廝役。鍾情年少狎麗豎若友昆。盛於江南而漸染於中原。

「契兄弟」是肇始於福建的風俗，指兩個男性在兩家人同意的情況下結為「契兄弟」，開始同居的生活，關係近於男女之間的婚姻。如果兩情相悅，可選擇終身相守，然而也不排除各自娶妻生子，同時繼續維持與對方的感情，清代李漁所寫的小說〈男孟母教合三遷〉便是以此種風俗作為背景鋪陳出的故事。「小唱」或稱為小官，則是指明代專門陪酒唱曲、與男客上床的男娼。這類小唱，通常會打扮得比女性更為嬌豔，或者單獨行動，或者聚集在固定的地方，招攬男客，不但一般百姓會去尋歡作樂，連士人、官吏飲酒設宴的場合，也都會召集這些小唱陪同，與之廝混狹玩。以技藝謀生的優伶有時也會兼做小唱，與男客上床。這樣的風氣甚至延續到清朝，著名的文人陳維崧、李慈銘都曾與男優伶發生過深刻的感情。

三 男色小說《宜春香質》、《弁而釵》

明崇禎年間出版的《宜春香質》與《弁而釵》可說是男色盛行下的產物，作者同為醉西湖心月主人，因此兩書在結構上頗為相似，都分為四個獨立小集，每一集以五回的篇幅，敘述一個完整的故事。故事外，兩書的刊行本都還附有插圖與評語。《宜春香質》含風、花、雪、月四集，〈風集〉描寫蘇州少年孫義先在學館內與先生、同學邪狹，其後又接連委身徽州商人、寺廟僧侶，最後為人所害，以冤魂之姿狀告開封府，終得超渡並重新轉世投胎，其父母、孩子則由出污泥而不染的妓女曹嬌奉養、撫育。〈花集〉敘述南翔少年單秀言以姿色誘惑他人騙取錢財，為取得武將鐵一心的妾婢，甚至不惜致鐵一心於死地，後來他所害之人一一翻身，他自身反遭抽腸換臟之痛而死。〈雪集〉描繪淮安府小官伊自取，自小就出賣肉體為生，只要有錢賺，不管對方是奴隸下人、王侯公子一律來者不拒。他與妓院經紀合謀騙取富人商新錢財，致使商新落魄到需要靠人接濟方可度日。伊自取惡有惡報，騙得錢財後卻也因為自身嗜賭而淪為乞丐，一次酒醉後死於街頭。〈月集〉則頗有南柯一夢的警示意味，以一個面貌醜陋的才子鈕俊為主角，為彌補他在現實世界裡因長相不堪而被排擠的窘境，三界提情教主風流廣化天尊幫助他改頭換貌，讓他在夢中以無人能敵的美貌，受到宜男國國王的寵幸。後來因受到戰爭的影響，鈕俊先被虎囉哪大王搶走，後亦遭亂兵蹂躪輪姦。至樂與至苦的雙重經歷，終於讓他有所體悟，受到淨心天王為其洗淨五臟六腑，還他本來面目。夢醒後他恍然有悟，放棄世間繁華，入山修行。

《宜春香質》四個故事裡，主角均為負面人物，放縱欲海之外，還心術不正，卑劣無恥，貪戀錢財，以虛情假意害人甚深。〈花集〉中第一回，開頭即言：

> 後庭一路，原非有陰陽之情，男女之趣。無欲海中覓姻緣，般若池內開情竇，夫豈真若男女之間有大欲存焉者乎？或屈於愛，或屈於勢，或利其有，或利

其才，勉為應承耳。……乃有市井小子，藉此騙錢營生，利身活計，以皮肉為招牌，以色笑為媒妁，賣弄風騷，勾引情竅，坑了多少才人，陷了無數浪子。

然而，這並非全盤否認男性與男性之間就沒有真情實愛的存在，作者藉由這些故事，旨在批評時下的小官多屬貪財寡義之徒，若有人想從這些靠姿色求生的小官身上尋求情感的慰藉，不啻緣木求魚。書中並以充斥著大量且赤裸的色情描述，來展示沒有情愛作為基礎的慾望，是如此不堪與醜陋。至於真正的愛情，應該是沒有利害的關係、是能夠深入欣賞對方的特質，是和一般男女之情一樣講究忠貞、仁義的。作者這樣的用心，在《弁而釵》一書中有更明確的彰顯。

《弁而釵》四記中，〈情貞記〉敘寫了一為少年翰林風翔因對書生趙王孫一見鍾情，因此拜入趙王孫的老師門下，希望與他有更親密的接觸。無奈趙王孫不為所動，風翔相思成疾，臥病在床。這一病反倒感動了趙王孫，使他以身相許。只是兩人的私情被同學揭發，趙王孫被父親帶走，無奈與風翔分離。幸而趙王孫後來在風翔幫助下高中科舉，兩人同朝為官，互相扶持，歷經官場險惡後，偕家歸隱，世代相好。〈情俠記〉描述天津才子鍾圖南因愛慕文武出眾的張機，因而用計與張機發生關係，張機感其深情，也與之交好。往後，兩人憑藉著過人的武功與智力獲得朝廷重用，屢建奇功，最終和〈情貞記〉中的風翔、趙王孫一樣，選擇棄官偕遊名山大川，後代通婚交好。〈情烈記〉寫浙江文士文韻全家遭禍，不得已的情況下只得遠走他鄉，在南京的戲班唱旦角為生，受到才子雲漢的救助，因此以身相許。兩人逃往揚州後，為了供養雲漢讀書，文韻再次重操舊業，唱戲為生。無奈文韻被惡霸乜儀賓看上，為拒絕乜儀賓的強佔，文韻刎頸明志，魂魄受到觀音大士的救助，得以聚形成人，繼續陪伴雲漢。在為雲漢覓得良妻後，文韻才離開雲漢，去做南海水神總管。高中科舉的雲漢，也為文韻報仇雪恨，並照顧他留下的家人。〈情奇記〉的故事描述福建書生李又仙隨著父親押解錢糧進京，途中遭劫，其父遭論罪下獄。又仙賣身贖父，淪為男妓，幸獲監生匡時為他贖身。又仙為報恩情，男扮女裝，嫁入匡家作匡時小妾。匡家被人陷害全家下獄，又仙攜匡家小主匡鼎出逃，含辛茹苦，撫育匡鼎。最後，匡鼎高中狀元，救出父母，全家團圓。又仙隱居深山修行，成仙而去。

這四記中的主角都各有妻兒，但這並不妨礙他們與家庭之外的男性發展出身體與心靈的深厚情誼。藉由作者的情節安排及有意刻畫，讀者當可發現，男男之間的情感關係也可以矢志不渝，為了成全對方而犧牲自己，無懼一切外力的阻礙、破壞，所流露出的堅貞、癡情，甚至能夠感動神明，獲得幫助。作者藉由《宜春香質》、《弁而釵》兩書描繪兩種極端的人物類型，讓讀者知道，一樣米養百樣人，在男風的情色世界中，既有無恥下流、貪得無厭的薄情小官，也有忠貞不移、品行高節的模範。

四 馮夢龍的《情史・情外類》

以編寫《三言》著名的馮夢龍，在他所輯的《情史》一書中，同樣沒有忽略男性與男性之間的情愛故事。《情史》一書又名《情天寶鑑》、《情史類略》，從名稱上即可得知內容是以「情」為主題、與「情」有關的一本書。在這本書中，馮夢龍從歷代的筆記、叢書、小說中選錄了八百多則情愛故事，並依情的類型、性質將這些故事分為二十四種。馮夢龍除了在書中自序明言：「我欲立情教，教誨諸眾生」外，也同時以「情史氏」的身分發言，對這二十四種情感類型都賦予期待，希望讀者讀了這些故事之後能有所收穫。舉例而言，「情貞類」旨在「令人慕義」，情緣類旨在「令人知命」，情私類希望能「以暢其悅」，情俠類則是「以大其胸」。二十四類中，每一類佔全書的一卷，第二十二卷「情外類」專門收錄了三十九則記載男性與男性之間情愛的短文，如一般人所熟悉的漢哀帝為董賢斷袖、戰國時期魏王因為龍陽君害怕失寵而下令全國不准進獻美人給他的故事，都在其中。對於這樣有別於一般人所認知的男女之情，馮夢龍以情史氏的口吻說：「世固有癖好若此者，情豈獨在內哉？」、「吾不知其情之所底矣。」男男之情逸出道德倫理的常軌之外，但馮夢龍卻從文獻與身旁認識之人眼見這情誼確實存在、不容否認，因此他尊重每個獨立個體的選擇與喜好，對此沒有過多的批判，反而承認自己有限的識見並不足以完全明白這「情外」之情。

五　以婚姻為保護傘的女女秘戀

和為數眾多的男男情愛故事相比，女女之戀顯得低調且隱密，文獻中除了幾則因為春情偶發、難以排遣因而以同性代替異性而產生性行為用以發洩情慾外，幾乎不見女女相愛的例子。然而看不見並不等於不存在，歷史記載之所以缺乏這類事蹟，與女性在傳統社會中所扮演的性別角色與受到的規範有關。《易經．家人．彖辭》言：「女正位乎內，男正位乎外，男女政，天地之大義也。」社會對女性的期待在未出嫁前是勤於女紅，嫁為人婦後是在家中相夫教子，管理好一家人的生活起居，而不能像男性一樣，在外面拋頭露面，或他人交際往來。更甚者，「外言不入於梱，內言不出於梱」（《禮記．曲禮上》），外界的言論、是非之言不能傳進女性的閨房，房內的事情也不能傳出去。是以，比起男性，女性的交際範圍本來就小、認識的人也少，要和另一位無血緣關係的女性發生感情的機會因此更少。基於「內言不出於梱」的原則，如果兩位女性真的發展出溢於友誼的感情，通常也是祕密進行、不適宜聲張的。何況，「婦人，從人者也」（《禮記．郊特牲》），女性是從屬於男性的，「未嫁從父，既嫁從夫，夫死從子」（《儀禮．喪服傳》），自身沒有獨立的身分，其身分必須藉由父親、丈夫、兒子來界定，因此，女女情誼在古代，除非是藉由另一位男性的加入，共同締結婚約，否則是難有出路的。李漁的一齣戲曲《憐香伴》，描述的就是兩女因為彼此相愛，因此同嫁一夫以求相守的過程。

劇中，崔箋雲原已嫁與揚州才子范石為妻，一日，與舉人曹有容之女曹語花在一處庵堂邂逅，兩人一見鍾情，互相愛慕。第二次見面，已經與對方難分難捨的兩人，更覺得非得立即結下盟約不可：

語花：大娘，我和你偶爾班荊，遂成莫逆，奴家願與大娘結為姊妹，不知可肯俯從？

箋雲：奴家正有此意。只是我們結盟，要與尋常結盟的不同，尋常結盟只結得今生，我們要把來世都結在裡面。

語花：這等，今生結為異性姊妹，來世為同胞姊妹何如？

箋雲：不好，難道我兩個世世做女子不成？

語花：這等，今生為姊妹，來世為兄弟何如？

箋雲：也不好。人家兄弟不和氣的多，就是極和氣的兄弟，不如不和氣的夫妻親熱。我和你來生作了夫妻罷！（第十齣〈盟謔〉）

姊妹之情、兄妹之情，早就無法承擔兩人之間的情感濃度，她們不但互許今生，甚至連來生的份都約定好了。箋雲在婢女的提議下，改換男裝，行禮如儀，和語花在她們初識的庵堂，舉行了一場沒有家長在場見證的婚禮。這場婚禮的獨特處，不僅在於婚禮的主角是兩位女性，還在於她們衝破了禮法的束縛，和所愛之人私訂終身，並且挪用了原屬於「一男一女」的婚姻儀式，與對方確立了、締結了關係。

其後，為了確保她們在現實中真能實踐如同夫妻般的形影不離，已有丈夫范石的箋雲向語花提議，讓語花也嫁給范石，名義上，她們兩人都是范石的妻子，范石是兩人的丈夫，實際上，箋雲才是語花的丈夫，兩人才是真正情投意合的一對。不過，這樣的盤算雖然獲得范石的同意，卻遭到有意追求語花的周公夢的破壞。語花隨其父離開揚州，范石遭人陷害，亦帶著箋雲遠走嘉興，導致語花與箋雲兩人分離。不見箋雲的日子，語花「病入膏肓，靜養猶難救，茶湯不進口，枵腹空腸」，憔悴不堪，憂愁滿懷，用情之深，引起婢女的疑問，語花不由得自訴衷腸，把自己比喻成為情而死的杜麗娘：

我死了，范大娘知道，少不得要學柳夢梅的故事。痴麗娘未必還魂，女夢梅必來尋柩。我死，他也絕不獨生！我與他，原是結的來生夫婦，巴不得早些過了今生！……俺和他夢中遊，常攜手，俏儒冠何曾去頭？似夫妻一般恩愛，比男兒更覺風流。麗娘好夢難得又，爭似我夜夜綢繆。不要說夜間做夢，就是日裡，恍恍惚惚，常見他立在我跟前，我這衣前後，神留影留，不待夢魂中才得聚首。（第二十一齣．緘愁）

兩女之愛沒有前例作為模範，並無礙語花表達對箋雲的愛意，她以「情不知所起，一往而深」的杜麗娘自比，不惜因為得不到這世間至美至真的愛情而香消玉殞，就算把這段話放到今日看來，她的表白也還是如此的大膽、感人。

箋雲、語花兩人離別三年後，終於在京城重逢，范石改名成石堅，高中進士後入贅曹家，和語花結為夫婦。然而原本作為原配的箋雲卻無法同時嫁給石堅、完成眾人眼中二女嫁一夫的景況。幸而後來得皇帝的欽准，箋雲與石堅的夫婦關係獲得確認，一夫二妻三人行的婚姻至此方才固定下來。

一段婚姻裡面擠了三個人，男擁兩女、兩女相愛，這樣的故事，對於現代人，不管是異性戀或是同性戀，恐怕都是難以接受的事情。先不論法律與人情上早已認知婚姻乃是一對一的關係，單就感情世界而言，一段認真、真誠的感情講究專

一、專情乃是常態，《憐香伴》中真心相愛的兩位女性，為了成就這份關係，不得不空出空間，接受一個男性的介入，來穩固、偷渡這份同性愛戀，身為當事人的她們雖然愛得心滿意足，而她們的丈夫石堅也樂享齊人之福，但比起現代可以不再藉由男性或婚姻定位自我身份的女性、比起可以自食其力、追求屬於自己幸福的女性，她們終究愛得不夠光明正大、不夠理直氣壯。

六　結語

從以上明清文人所描寫的同性愛情故事，我們可以發現，就算是男性，也可以貌美如花、婀娜多姿，具備如女性般的貞節意識；就算是女性，也可以俊美如男子，像男子一樣，對女性的美深深著迷，為了追求所愛，付出努力，執著追求。與其將這樣的情況視為性別的倒置或錯亂，不如以性別「流動」的觀點來解釋更為恰當。據學者的研究，不管是男性或女性，其實都同時擁有另一種性別的特徵，換言之，男性的身上會擁有女性的特質，女性的身上也會擁有男性的特質。而哪一種特質所佔的比例較高、哪一種特質會表現得較明顯，除了與生俱來的以外，也會受到旁人或環境的影響、誘發。

從自我認同的多種可能出發，我們每個人所愛戀的對象的性別為何，其實也應該一併獲得尊重與接納。如果說性別界定是有意義的，那麼其意義在於分類，而非限制；同性戀、異性戀、雙性戀乃至多性戀，可以是為了分類而發明的名詞，卻不能作為限制我們從一段感情中獲得滿足、幸福、乃至於成長、提升的緊箍咒。明清文人用他們的巧思、巧筆，在文學作品中為我們傳遞了這樣的一個訊息，他們所留下的這些奇情、奇愛之作，值得我們做更深入的探討。

李麗美／臺北市立教育大學中國語文學系博士生

國家圖書館出版品預行編目(CIP)資料

閱讀明清：明清文學的文化探索 / 余崇生主編.--
初版. -- 臺北市：萬卷樓, 2013.04
面； 公分
ISBN 978-957-739-799-7(平裝)
1.明清文學 2.文學評論

820.906 102006918

閱讀明清
——明清文學的文化探索

2020 年 10 月 初版二刷
2013 年 4 月 初版 平裝

ISBN 978-957-739-799-7
定價：新台幣 360 元

主　　編　余崇生
發 行 人　林慶彰
總 編 輯　張晏瑞
編　　輯　游依玲
編　　輯　吳家嘉
封面設計　斐類設計

出版者　萬卷樓圖書股份有限公司 臺北市
編輯部　羅斯福路二段 41 號 9 樓之 4
電話　02-23216565
傳真　02-23218698
電郵　editor@wanjuan.com.tw
發行所　臺北市羅斯福路二段 41 號 6 樓之 3
電話　02-23216565
傳真　02-23944113
印刷者　百通科技股份有限公司

新聞局出版事業登記證局版臺業字第 5655 號

網路書店　www.wanjuan.com.tw
劃撥帳號　15624015